꿀벌과
시작한
열일곱

MITSUBACHI KOUKOUSEI by Ami Moriyama

Copyright ⓒ Ami Moriyama 2015

All rights reserved.

Original Japanese edition published by Lindensya

Korean translation copyright ⓒ 2018 by Sangchu_ssam Publishing House

This Korean edition published by arrangement with Lindensya, Nagano,

through HonnoKizuna, Inc., Tokyo, and Imprima Korea Agency

후지미 고등학교
양봉부 이야기

꿀벌과
시작한
열일곱

모리야마 아미 글
정영희 옮김

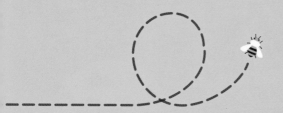

상추쌈

차례

양봉부 핫치비에잇 첫해

양봉부 핫치비에잇 2년째

양봉부 핫치비에잇 3년째

여는 글

꽁꽁 얼어붙는 어느 겨울날이었습니다.

"앗, 벌집에 뚜껑이 덮였어!"

벌집 안을 들여다보던 학생 하나가 갑자기 소리를 질렀습니다.

"뭐? 정말? 이렇게 추운데?"

가까이에서 다른 일을 하던 아이들이 놀란 눈을 하고 몰려듭니다. 살펴보니 아니나 다를까, 다닥다닥 붙은 작은 벌 방 몇 개에 보안 막이 쳐져 있는 게 아니겠어요?

"정말이다."

"대단해."

벌집에 뚜껑이 덮인다는 건 여왕벌이 겨울잠에서 깨어나 알을 낳기 시작했다는 뜻입니다. 그날 후지미초는 최고 1.5도, 최저 영하 9.9도였습니다. 몸이 떨릴 정도로 추웠지만 그 속에서도 꿀벌은 새로운 생명을 키워 나가고 있었던 것이지요.

이곳, 나가노 현 후지미 고등학교에는 일본에서도 드물다 하는 '양봉' 동아리가 있습니다. 양봉이란 벌을 치는 일입니다. 그 말뜻 그대로, 후지미 고등학교 양봉부는 학교 안에 벌통을 여러 개 들여 일본 토종벌을 키우고 있습니다. 이 활동을 통해 배움을 얻는 것이지요. 하지만 그걸로 끝나는 것만은 아닙니다. 후지미 고등학교 양봉부는 꿀벌에서 가지 쳐 나간 여러 일들도 온 마음을 다해 해 나가고 있기 때문입니다.

· 꿀벌을 통한 지역 교류 활동

· 꿀벌을 위해 공원을 가꾸고 숲을 늘리는 활동

· 꿀벌의 매력과 생태를 알리는 활동

· 벌꿀의 장점을 알릴 수 있는 요리 개발

후지미 고등학교 양봉부는 '농업고등학교의 고시엔전국 고등학교 야구 선수권 대회'이라 불리는 '일본 학교 농업 클럽 전국 대회'에 참가해 다양한 활동을 발표합니다. 2012년에는 전국 우승이라는 빛나는 영광을 차지했습니다. 창립한 지 겨우 3년밖에 안 된 동아리가 전국 약 300개 농업계 고등학교 가운데 정상에 섰던 것이지요. 기적이라고 해도 지나친 말은 아닐 겁니다.

꿀벌은 자연의 스승으로 많은 것을 가르쳐 주었습니다. 학생들은 양봉부 활동을 통해 배우고 자랐습니다. 생명의 소중함과 덧없음, 그리고 위대함. 가족을 위해 일하고, 때로는 자기 목숨마저 던져 적과 싸울 수 있는 용기까지.

그리고 추운 겨울, 지금 아이들은 꿀벌에게 하나를 더 배우고 있습니다. 엄혹한 자연 속에서 종족을 이어 나가고자 하는 생명의 씩씩함을 말이지요.

"꿀벌이 날았어!"

한 아이가 벌통에서 날아오른 벌을 눈으로 쫓으며 목소리를 높입니다.

부드러운 겨울 햇살을 받으며 맑은 하늘로 날아오르는 꿀벌. 후지미 고원에 꽃의 시절이 찾아오자면 아직 조금 이를지도 모릅니다. 그러나 그날이 결코 멀지 않았다는 것을 가벼운 날갯짓 소리가 가르쳐 주고 있었지요.

양봉부 핫치비에잇 출범!

열혈 소녀의 고민

고등학교 양봉 동아리 '핫치비에잇'은 나가노 현 중동부, 스와 지방의 후지미초에 자리 잡고 있습니다. 후지미라는 이름으로도 알 수 있듯, 후지미초는 남쪽으로 멀리 후지산을 바라보고 있습니다. 동쪽으로는 야쓰가타케, 남쪽으로는 남 알프스, 서쪽으로는 중앙 알프스, 북 알프스에 이르기까지, 산으로 둘러싸인 아름다운 마을이지요. 그 풍요로운 자연은 스튜디오 지브리가 만든 애니메이션 〈이웃집 토토로〉와 〈모노노케 히메〉속에 잘 묘사되었습니다. 작품 속에 나온 '에보시', '오츠고토', '고로쿠' 같은 오래된 지명이 지금도 그대로 남아 있습니다. 또한 이 지역에는 호리 다쓰오의 소설 《바람이 분다》의 무대가 됐던 후지미 고원 병원과 조몬 시대기원전 1300년~기원전 300년의 이도지리 유적, 아름다운 야생화가 만발한 파노라마 리조트 같은 곳이 있습니다. 멀지 않은 곳에 일본 3대 축제 중 하나인 '온바

시라 마츠리'로 유명한 스와 신사와 휴양지로 늘 북적대는 기리가미네 화산 지대도 있습니다.

이처럼 오랜 역사와 풍요로운 자연에 둘러싸인 후지미초. 후지미 고등학교는 이곳에서 90년 가까이 아이들을 가르쳐 온 학교입니다. 해발 967미터, 그러니까 일본에서 가장 높은 곳에 자리한 고등학교이기도 합니다. 한 학년마다 보통과 두 반, 원예과 한 반이 있습니다. 전교생이 300명쯤 되는, 나가노 현에서는 작은 축에 드는 고등학교이지요.

다케마에 치하루가 후지미 고등학교 원예과에 입학한 것은 2008년 4월이었습니다. 치하루네는 학교 근처 시모스와마치에 있는 평범한 회사원 집안입니다. 부모님이 농사를 짓지는 않았지만 할머니가 밭농사를 지으셔서 어릴 때부터 땅과 친숙했습니다. 그래서일까요? 언젠가부터 치하루는 이런 생각을 하게 됐습니다.

'나중에 농사를 지으면 어떨까? 농가의 안주인이 되면 좋겠다.'

후지미 고등학교 원예과에 들어온 것도 그런 바람 때문이었지요.

치하루는 두근대는 가슴을 안고 고등학교 생활을 시작했습니다. 그런데 새로운 환경에 익숙해지면서 뭔가 부족하다는 느낌이 들었습니다. 무엇이든 해 볼 수 있는 3년이라는 시간. 모처럼 그런 시간이 주어졌으니 무언가에 마음껏 몰두해 보고 싶었습니다. 그런데 그 '무언가'를 찾을 수가 없었습니다. 친구들은 운동부에 들어가기도 하고, 악단을 꾸리기도 하고, 취미 삼아 뭔가를 배우기도 하며 자기 나름의 것을 찾아 가고 있었는데 말이지요. 고민하는 동안 한 달이라는 시간이 금세 지나가고 말았습니다.

진로 상담이 있던 날. 하지만 지금 당장 하고 싶은 일도 찾지 못한 치하루가 3년 후의 미래 같은 걸 마음에 그렸을 리가 없습니다.

"졸업 후에 뭘 하고 싶은지, 장래에 뭐가 되고 싶은지 아직 생각해 본 적이 없어요. 미래는커녕 고등학교에서 내가 뭘 하고 싶은 건지도 못 찾고 있어서요."

치하루가 고민을 내비치자 담임인 스기야마 선생님은 이렇게 조언해 주었습니다.

"입학한 지 이제 한 달째니까 너무 조급해할 필요는 없다고 생각해. 하지만 계속 고민된다면 기타하라 선생님을 만나 보면 어떻겠니?"

실습 담당인 기타하라 도시후미 선생님은 다른 선생님들과 달리 가르치는 방식이 좀 독특하다고 이름이 나 있었습니다. 스기야마 선생님은 기타하라 선생님이 아이들의 자질을 능숙하게 끌어내 잘 이끄는 사람이라 치하루에게 힘이 되어 주리라 여겼지요. 하지만 치하루는 기타하라라는 이름을 듣고는 고등학교 면접 때가 떠올랐습니다. 기타하라 선생님이 면접관이었거든요.

"우리 학교에 왜 왔죠?"

"지금까지 농사를 지어 본 적이 있어요?"

"앞으로 농업에 관련된 일을 할 생각인가요?"

치하루는 숨 쉴 틈 없이 질문을 해 대던 기타하라 선생님 때문에 식은땀을 흘렸습니다.

'솔직히, 만나면 좀 거북할 것 같은데……'

하지만 스기야마 선생님은 "반드시 만나 볼 것!"이라며 치하루의 등을 가볍게 떠밀었습니다.

치하루는 수업을 마치고 조금 주눅이 든 채 교무실로 갔습니다.

"아, 네가 다케마에구나. 스기야마 선생님한테 들었어. 진로 때문에 고민이라며?"

기타하라 선생님은 면접 때와는 전혀 다른 사람 같았습니다. 다정한 웃음이 얼굴에 가득했거든요. 치하루는 순식간에 마음이 편안해졌습니다.

"저기, 선생님……. 고등학교에서 뭘 해야 할지, 아직 잘 모르겠어요."

"나중에 농가의 안주인이 되고 싶다고 했지?"

"네? 아, 네. 그렇긴 한데요."

면접 때 대수롭지 않게 했던 말을 선생님이 기억하고 있다니, 치하루는 좀 놀랐습니다.

"뭐, 안주인이 되는 수업은 스스로 하는 걸로 하고, 일단은 밖에 나가 볼까?"

"네? 나가서 뭐 하시려구요?"

"그러니까, 하고 싶은 일을 찾고 싶단 거잖아? 책상 앞에 붙어 있다고 찾아지는 게 아니니까."

기타하라 선생님은 치하루를 학교 밖 현장학습에 초대했습니다.

주말, 치하루는 몇몇 친구들과 함께 기타하라 선생님 차에 탔습니다. 목적지는 현 남동쪽 나기소. 이 지역 전통 공예품인 아라라기 편백 삿갓 만드는 걸 보러 갑니다. 아라라기 편백 삿갓은 원뿔 모양 모자입니다. 편백나무를 가늘고 길게 쪼개서 '히데'라는 나무오리를 만들고, 이것을 엮어 모자를 짭니다. '삿갓 지장보살'이라는 옛날이야기에 나오는 모자로, 지금도 순례자나 뱃사공들이 즐겨 씁니다. 임업이 발달한 기소 지역에 모자를 만드는 기술이 전해진 때는 300년쯤 전입니다. 재료가 편백나무이고, 주로 아라라기가와 둘레에서 만들어진 탓에 아라라기 편백 삿갓이라는 이름으로 불리게 되었다고 합니다.

그런 이야기를 하며 기타하라 선생님은 경쾌하게 차를 몰았지요. 조수석에 앉은 치하루는 선생님이 왜 학생들을 데리고 가는지 몰랐습니다. 그저 밖으로 나간다는 게 좋았고 모자 만드는 것도 한번 보면 재미있겠다 싶어서 따라가기로 한 것입니다.

차는 기소 강을 따라 에도시대에 도쿄와 교토를 연결하던 나카센도 옛길을 달려 산속으로 들어섰습니다. 츠마고주쿠를 지나 국도를 달린 지 수십 분. 드디어 도로 끝에 '편백 삿갓 전수관'이 보이기 시작했습니다. 차를 세우고 안으로 들어갔죠. 편백 삿갓과 민예품을 늘어놓은 판매대 옆에 작은 방이 있고, 백발에 피부가 고운 한 할머니가 시연을 하고 계셨습니다. 아라라기 편백 삿갓을 만든 지 70년째라고 하는 이시이 도미코 명인이었습니다.

다다미 여섯 장 정도 되는^{다다미 한 장은 90cm×180cm. 다다미 두 장이 한 평쯤 된다.} 방 한쪽에 납작한 국수처럼 쪼개 놓은 편백 오리가 쌓여 있었습니다. 도미코 할머니는 나무오리 두 쪽을 꺼내 솜씨 좋게 엮어 가기 시작했습니다. 히데는 금세 넓적한 원이 됐고, 그 중심을 밀어 올리자 점차 원뿔 모양이 나왔습니다. 치하루는 빨려 들어가듯 그 작업을 바라보았습니다. 쪼갠 대나무로 모자에 힘을 주고, 악귀를 쫓는다는 '세미'라는 끈을 달면 아라라기 편백 삿갓이 완성됩니다.

"한번 써 보렴."

치하루는 도미코 할머니가 건넨 모자를 조심스레 써 봤습니다.

보기보다 훨씬 가벼웠고 그럼에도 튼튼했습니다. 아라라기 편백 삿갓은 햇살이 뜨거우면 히데가 오그라들어 살 사이에

틈이 생기면서 바람이 잘 통하게 되고, 비가 올 때는 히데가 물기를 머금어 부풀기 때문에 살 사이가 막혀 비를 막습니다.

"비가 오는 날에도, 바람이 부는 날에도 쓸 수 있지. 이렇게 좋은 모자 딴 데는 없을걸?"

도미코 할머니는 자랑스럽게 웃으셨습니다.

"선생님, 기소에는 대단한 할머니가 살고 계시는군요!"

돌아오는 길, 치하루는 처음으로 명인의 기술을 보고는 흥분을 감출 수 없었습니다.

"기소뿐만이 아냐. 어느 마을이나 대단한 할머니 할아버지들이 엄청 많으시지."

선생님도 보물을 발견한 소년 같은 얼굴이었지요.

기타하라 선생님은 이나 지방에 있는 나가타니무라에서 태어나 자랐습니다. 어릴 적부터 자연 속에서 노는 것을 좋아해서, 봄이면 집에 가는 길에 가재를 잡고, 여름에는 장수풍뎅이를 잡았습니다. 가을에는 산에 들어가 버섯을 따고는 했습니다. 선생님에게 자연은 학교에서 배운 것만큼이나 중요한 것들을 가르쳐 준 또 하나의 교실이었습니다. 그리고 그것을 지켜온 마을 사람들은 위대한 인생 선배였지요. 선생님이 치하루를 현장학습에 데려간 것도 그런 까닭이었습니다. 지역 사람들과 자연을 접하며 시야가 넓어지면 하고 싶은 것을 찾을 수 있을 것이라 여겼기 때문입니다.

나기소에 다녀온 뒤부터 치하루는 지역의 자연과 문화에 흥미를 품게 되었고, 스스로 시간을 내 현장학습에 참가했습니다. 이나 지역 숲을 지키는 임업 관계자 이야기를 듣기도 했고, 요즘 키위의 원조 격이라는 다래를 키우는 농가를 찾아 일을 거들기도 했습니다. 현장학습을 나갈 때마다 치하루는 매번 새로운 것을 발견했습니다. 특히나 치하루 마음을 사로잡았던 건 사람들의 따뜻함이었습니다. 찾아가는 집마다 "잘 왔어. 어서 와." 하며 반갑게 맞아 주었고, 직접 만든 저장 음식이나 조림 같은 것들을 차와 함께 내 주시고는 했습니다. 한입 먹으면 그게 또 어찌나 맛있던지, 깜짝 놀랄 정도였습니다. 그렇다고 말씀드리면 또 꼬리에 꼬리를 물고 맛난 것들을 내어놓으시고 말이지요.

치하루는 현장학습 성과물로 다래에 관한 연구를 논문으로 정리해 '일본 학교 농업 클럽' 지역 대회에서 최우수상을 받았습니다. 치하루와 기타하라 선생님은 상 받은 소식도 전할 겸

도움을 받은 농가에 인사를 드리러 갔습니다. 할머니는 마치 자기 일처럼 기뻐해 주셨지요. 눈물이 그렁한 눈으로 합장하며 우승컵을 신단에 올리고는 이렇게 말했습니다.

"조상님. 딸내미가 상을 타 가지고 왔어요."

치하루는 그 말에 자기도 모르게 가슴이 뜨거워졌습니다.

'우리 지역에는 따뜻한 사람들이 있고, 훌륭한 문화가 있구나.'

'우리 고장을 좀 더 알고 싶어.'

'이곳 사람들과 기쁨을 나누며 살고 싶다.'

치하루의 마음속에서 어렴풋이 하고 싶은 일이 보이기 시작했습니다.

저 할아버지는 뭘 하시는 걸까?

두 번째 봄. 치하루는 2학년이 되어서도 현장학습을 계속했습니다. 오늘은 같은 반 친구 하루미와 함께 기타하라 선생님 차로 이나 시의 나가타니에 있는 다래 농가를 찾기로 했습니다.

"앗, 위험해!"

한가로운 시골길을 달리는데 하루미 쪽에서 갑작스레 큰소리가 납니다. 스쳐 지나가는 차창 밖으로 보이던 한 장면 때문이었지요. 살림집 앞마당, 접이식 사다리에 올라선 할아버지가 어딘가로 손을 뻗고 있었습니다. 균형을 잃으면 넘어져서 사고가 날 수도 있을 텐데요.

"위험해 보이는데……. 저 할아버지, 뭘 하고 계셨던 걸까요?"

"글쎄다. 바람에 날아간 빨래라도 걷고 계셨던 거 아닐까?"

하루미와 선생님이 그런 이야기를 하고 있는데 "어? 뭐야? 거짓말!" 이번에는 치하루 쪽에서 큰소리가 납니다. 세상에나, 다른 집 마당에서도 사다리에 올라가 있는 사람을 발견했기 때문입니다. 그 사람도 마찬가지였습니다. 나무 밑에서 사다리에 올라 어딘가로 팔을 뻗고 있었지요. 이런 기묘한 우연도 다 있구나, 셋은 서로 얼굴만 바라볼 수밖에 없었습니다.

목적지인 나가타니에 도착해 밭에서 다래가 자라는 모습을 살피고 농사일을 거든 뒤 드디어 차 한 잔 나누는 시간. 치하루는 조금 전 일이 떠올라 창밖으로 봤던 풍경을 이야기했습니다. 그러자 집주인 기타하라 씨가 웃음 띤 얼굴로 태평스레 대답해 주었지요.

"아, 그거. 분봉하는 거야."

"분봉이요?"

"꿀벌 말이야. 집을 옮기는 거지."

꿀벌은 여왕벌을 중심으로 집단생활을 합니다. 봄부터 여름에 걸쳐 무리 속에 일벌 수가 늘어나는데, 벌집이 비좁아지면 여왕벌은 다음번 여왕이 될 알을 낳습니다. 그리고 그 알이 깨어나기 직전, 일벌 무리 절반을 데리고 다른 곳으로 날아갑니다. 이것이 꿀벌의 '무리 나누기', 즉 분봉입니다. 옛 여왕벌이 이끄는 무리는 벌집을 떠나 어딘가로 날아가기 직전, 가까운 나뭇가지나 처마 밑처럼, 높은 곳에 머물며 쉽니다. 양봉가는 이 무리를 붙잡아 앉혀 벌통 수를 늘리는 것이지요.

그러니까 조금 전, 사다리에 올라가 있던 할아버지는 나무에서 쉬고 있는 꿀벌 무리를 붙잡아 두려던 겁니다. 양봉이 활발한 이나 지역이라서 볼 수 있는 광경이었지요.

"하지만 꿀벌 무리를 잡아 두려 하다가 쏘이거나 하진 않나요?"

치하루가 놀라서 묻습니다.

"응. 꿀벌은 온순해서 분봉할 때 우리가 해꼬지를 하지 않는 이상 쏘지 않아. 자기들 이사만으로도 너무 힘들어서 인간 따위는 관심 밖인 거지."

하루미도 흥미가 생긴 모양이었습니다.

"꿀벌 무리를 붙잡는다고 하셨는데, 그건 어떻게 하는 거예요?"

"간단해. 손으로 떨어뜨리면 돼. 나무에 붙어 있는 벌은 한 덩어리로 모여 있거든. 분무기로 물을 뿌려 못 날게 한 다음에, 그 밑에 통을 준비해 두고, 툭, 이렇게 말이야."

"손으로 툭……."

"우리도 뒷밭에서 치고 있는데, 벌은 좋은 곤충이지. 얼마나 귀여운지 몰라."

마치 반려동물 이야기라도 하듯 즐겁게 웃음 짓는 기타하라 씨. 치하루와 하루미는 그 모습을 약간 신기한 기분으로 바라보았습니다.

"선생님. 양봉 재밌을 것 같아요."

돌아오는 차 안, 뒷자석에 앉아 있던 치하루가 앞좌석 쪽으로 몸을 쑥 내밀었습니다.

운전석에 있던 선생님은 "정말 그럴 것 같아." 하며 치하루의 말을 받아 말을 이어 나갔습니다.

"그러고 보니 최근에, 세계 여기저기서 꿀벌이 사라지는 사
건이 화제가 되기도 했지."

바로 '벌집 군집 붕괴 현상'이라 불리는 현상입니다. 바로 전
날까지만 해도 벌집 안에 있던 벌 수천 마리가 하룻밤 사이에
홀연히 자취를 감추는 이상한 일이 세계 각지에서 보고되는 것
이지요. 자원 부족, 진드기, 질병에 이르기까지 원인을 두고 여
러 가지 설이 있긴 하지만 정확한 원인은 아직 밝혀지지 않은
상태입니다.

"아인슈타인이 말했지. 만약 지구에서 벌이 사라진다면 인
간은 4년 이상 버틸 수 없다고."

"왜 그런 거죠?"

"벌은 꿀과 꽃가루를 모으기 위해 꽃과 꽃 사이를 날아다니
잖아? 그때 벌 다리에 묻은 꽃가루가 식물의 수정을 도와주
거든."

선생님 말씀으로는, 꽃가루 매개 생물로서 곤충이 기여하는
역할은 대단하다고 합니다. 세계 농산물 3분의 1을 곤충이 꽃
가루받이 하는데, 그 중에 80퍼센트를 꿀벌이 맡고 있다는 이

야기였습니다.

"그러니까 벌이 사라지면 식물은 수정이 불가능해. 그럼 그
식물은 사라지겠지. 그러면 그걸 먹는 동물도 죽을 수밖에
없고. 그렇게 결국은 인간까지……."

치하루는 뭔지 모르게 무서워졌습니다.

마침 창밖으로는 연근밭이 끝없이 펼쳐져 있었습니다. 그리
고 그 연꽃들 위로 수많은 벌들이 부지런히 날아다녔지요. 치
하루는 그 모습이 어쩐지 자연이 전하는 메시지 같다고 느꼈습
니다.

치하루, 첫 꿀벌을 만나다

2학년 여름방학이 되면 원예과 학생들은 닷새 동안 '일자리
체험'이라는 연수를 합니다. 가까운 농가나 목장에 찾아가 거
기서 하는 일을 체험해 보는 프로그램입니다. 치하루가 양봉
농가를 실습 장소로 고른 까닭은 아무래도 이나 시에서 겪은
일이 마음에 강하게 남았기 때문이지요.

꿀벌을 좀 더 알고 싶다, 꿀벌의 매력을 느껴 보고 싶다, 치하
루는 그런 마음으로 지노 시에 있는 '다테시나 양봉'으로 갔습

니다.

 대규모 양봉을 하고 있다고 들어서 깊은 숲속에 있으리라 짐작했지만, 치하루가 찾아간 곳은 주택가 한쪽에 자리 잡은 아주 평범한 살림집이었습니다. 처마 밑에 유리병과 양철 깡통이 즐비하다는 것, 주변에 달콤한 꿀 냄새가 감돌고 있다는 것 말고는 양봉을 떠올리게 하는 것은 아무것도 없었지요.

 '정말로 이런 데서 벌을 치는 걸까?'

 "안녕하세요."

 안쪽 상황을 살피듯 조심스레 불러 보니 집 안에서 "네에." 하는 대답이 들려왔습니다. 그리고 곧이어 푸근한 인상의 아주머니 한 분이 나왔습니다.

 "아, 혹시 후지미 고등학교에서 온 학생? 잠시만 기다려 봐요."

 그렇게 말한 다음 아주머니는 뒤꼍의 작업장처럼 보이는 건물로 가는가 싶더니, 곧이어 체격이 좋은 남자분을 데려왔습니다. 남자분은 수건을 두건처럼 두르고 티셔츠에 작업 바지를 입고 있었습니다. 말하자면 딱 건설 노동자 같은 차림이었지요.

 "음, 그러니까 원예과의 다케마에 학생이라고 했나? 나도 예전에는 농협에서 일했어. 그러다가 양봉을 시작했지. 이래저래 실패를 하기도 했고. 모르는 게 있으면 뭐든지 물어봐."

상냥한 얼굴로 이렇게 말해 준 이는 다테시나 양봉의 대표, 야자와 겐이치 씨였습니다. 옆에서 살짝 웃고 있던 아주머니는 야자와 겐이치 씨의 아내 야자와 치후유 씨였고요.

"치하루 씨와는 계절만 다른 이름_{치하루의 하루는 봄, 치후유의 후유는 겨}울이라서, 만나기를 고대하고 있었어요. 언니라고 생각하고 편하게 아무거나 물어봐요."

"언니라기보다는 엄마이지 않나?"

야자와 씨가 던진 농담에 웃음보가 터졌습니다. 아무래도 야자와 씨 부부는 밝은 성격의 소유자인가 봅니다. 가벼운 인사가 얼추 마무리되자 야자와 씨가 치하루에게 본론을 꺼냅니다.

"자, 이제 양봉장에 가 볼까?"

그 말에 답하듯 치후유 씨는 "자, 이거." 하며 망처럼 생긴 물건을 치하루에게 내밀었습니다. 꿀벌한테서 얼굴을 지키는 보호망입니다. 밀짚모자 위로 쑥 써 보니 여름에 드리우는 모기장 같은 망이 어깨 위까지 흘러내립니다. 그런 다음 고무장화를 신고 고무장갑을 끼면 모든 준비가 끝나죠. 치하루는 치후유 씨의 배웅을 받으며 야자와 씨의 작은 트럭에 올라탔습니다.

트럭으로 달리길 20여 분. 창밖 풍경이 바뀌더니 주택가를 벗어나 잡목 숲으로 들어섰습니다. 야자와 씨가 차를 세운 곳은 울창한 숲 한가운데였습니다. 차에서 내리자 어디선가 "부우웅." 하는 낯선 소리가 들려오기 시작했습니다. 소리 나는 곳을 보니 나무로 둘러싸인 풀밭에 귤 상자만 한 나무 상자 50여 개가 같은 간격으로 놓여 있었습니다. 상자 위쪽으로는 무언가 검은 것들로 자욱했습니다. 그걸 바라보던 치하루는 저도 모르게 한순간 숨을 멈추고 말았습니다. 벌 수백 수천 마리가 상자 주위를 날고 있었거든요.

"무섭니?"

야자와 씨가 조금은 걱정스런 얼굴로 물었지만 치하루는 조용히 고개를 가로저었습니다. 신기하게도, 무섭다거나 싫다는 느낌은 들지 않았습니다. 기세 좋게 날고 있는 수많은 벌들에게 그저 압도당할 뿐이었지요.

벌집 안을 보고 싶냐는 야자와 씨의 말에 치하루는 주저 없이 "네."라고 대답했습니다. 야자와 씨는 웃는 얼굴로 고개를 끄덕이더니 트럭 짐칸에서 양철 주전자처럼 생긴 물건을 가져왔습니다. 손잡이 부분에 아코디언 같은 주름상자가 붙어 있는 이상한 물건이었습니다. 야자와 씨는 준비해 온 신문지에 라이터로 불을 붙이고는 풀을 한 줌 뽑아 주전자 속에 집어넣었습니다.

"훈연기. 벌을 쫓기 위한 도구야. 연기를 쐬면 벌들이 얌전해지거든."

주름통 부분을 몇 차례 누르자 본체 주둥이에서 흰 연기가 피어올랐습니다.

"거기서 보고 있어."

야자와 씨는 치하루를 남겨 두고 벌통 쪽으로 걸어갔습니다. 정신없이 날아다니는 벌을 신경 쓰는 기색도 없이, 제일 가까운 벌통 근처로 가서 조용히 뚜껑을 열었습니다.

그 속에서 벌들이 튀어나오지 않을까, 치하루는 반사적으로 몸을 웅크렸지만 어찌 된 일인지 그런 일은 일어나지 않았습니다. 야자와 씨는 훈연기로 벌통 속에 연기를 집어넣은 다음, 벌집 속을 관찰하기 시작했습니다. 그러더니 치하루 쪽으로 고개를 돌려 이쪽으로 오라는 신호를 보냈지요.

쿨럭쿨럭, 연기를 들이마신 치하루는 각오를 단단히 하고 천천히 다가갔습니다. 벌통에서 조금 떨어진 채 위에서 들여다보니, 나무판 일고여덟 장이 고르게 놓여 있었습니다. 야자와 씨는 그중 한 장의 양 끝을 쥐고 들어 올렸습니다.

"우와아아!"

말로는 표현할 수 없는 감정이 비어져 나왔습니다. 들어 올린 나무판 한가득 꿀벌이 붙어 꿈실거리고 있었습니다. 얇은 노란색 막 같은 것이 나무판에 붙어 있었는데, 그 위로 온통 벌이었습니다. 흘러넘쳐 다 쏟아질 듯, 엄청난 숫자였지요.

"나무 부분이 벌집 틀, 노란색이 벌집 바탕이야. 벌집 바탕은 밀蠟로 되어 있는데, 벌들이 집을 쉽게 만들 수 있게 사람이 붙여 두는 거지."

밀이 뭔지도 몰랐지만 치하루는 저도 모르게 고개를 끄덕거렸습니다.

"여왕벌이 어떤 건지 알겠니?"

갑작스런 질문을 받고 벌집을 유심히 들여다봤지만 벌이 너무 많아서 찾을 수가 없었습니다.

"오른쪽 아래, 저기, 그 큰 놈. 그게 여왕벌이야."

야자와 씨가 턱으로 가리킨 방향을 따라가던 치하루는 한순간 시선을 잡아끄는 것을 발견하게 됐습니다. 몇몇 벌들의 시중이라도 받고 있는 듯, 몸집이 두 배는 되어 보이는 벌이 유유자적 자리를 잡고 있었기 때문이지요.

'저게 여왕벌이구나.'

"상자 속에 있는 벌은 무리 생활을 하는데, 다 여왕벌이 낳은 자식들이야. 그러니까 이 상자 안에 있는 벌은 모두 가족인 거지."

"가족이요?"

"그렇지. 어떤 이유에서건 여왕벌이 죽으면 무리는 사멸하거든. 그래서 벌을 치는 사람은 여왕벌의 상태를 늘 유심히 살펴야 해."

"대단하네요. 여왕벌이란 존재는."

"아니야. 사실 정말 대단한 건 일벌들이지."

치하루는 그 말뜻을 이해할 수가 없었습니다. 이상하다는 얼굴을 하고 있으니 야자와 씨는 곧 알게 될 거라는 듯 웃어 보였습니다.

닷새짜리 연수가 시작됐습니다. 야자와 씨가 제일 처음 가르쳐 준 것은 벌집 안 들여다보기였습니다. 들여다본다고 하면

단순한 일처럼 느낄 수도 있지만 무리의 상태를 알기 위해 꼭 필요한 작업입니다. 벌은 섬세한 생물이거든요. 작은 징후 하나만 놓쳐도 무리가 약해지거나, 모조리 죽기도 합니다. 그것을 피하려면 일벌의 상태는 어떤지, 여왕벌이 알은 낳았는지, 꿀은 어느 정도 모여 있는지, 다양한 관점에서 무리를 살펴야 합니다. 처음에는 좀처럼 여왕벌을 찾지 못했지만 치하루도 점차 익숙해지면서 쉽게 찾을 수 있게 되었습니다. 딱 한 번, 야자와 씨보다 여왕벌을 빨리 찾은 적도 있었는데, 너무 신이 나서 두 팔을 번쩍 들어 보이기도 했지요.

비가 오는 날에는 작업장 안에서 일했습니다. 병에 꿀을 담아 라벨을 붙이기도 하고 벌집 틀을 만들기도 하면서요.

"지금 담는 그 꿀, 홋카이도에서 딴 아카시아꿀이에요."

치하루가 꿀을 담고 있으니 치후유 씨가 다가와 그렇게 가르쳐 줬습니다.

양봉에는 한 곳에 머물며 꿀을 모으는 '고정 양봉', 꽃이 피는 지역을 따라 옮겨 다니는 '이동 양봉'이 있습니다. 야자와 씨는 이동 양봉을 하며 꿀을 모으는 양봉가입니다. 그래서 초봄, 미에 현부터 시작해 여름, 홋카이도에서 채밀을 끝내기까지 꿀벌 무리를 트럭에 싣고 이동합니다. 무려 수천 킬로미터를 옮겨 다닌다고 합니다.

"꽃을 쫓아 마을에서 마을로, 뭔가 낭만적이네요."

치하루가 몽상에 빠진 듯 중얼대니 치후유 씨가 웃으며 이렇게 말했습니다.

"실제로 해 보면 이래저래 힘든 일도 많아요."

어느 날, 양봉장에 도착한 치하루의 눈에 벌들의 기묘한 움직임이 포착됐습니다. 벌들이 벌통 출입구에 모여 맹렬히 날갯짓을 하고 있었던 것이죠. 야자와 씨에게 여쭤봤습니다.

"그게 바로 일벌의 '송풍' 작업이야."

곧바로 야자와 씨의 설명이 길게 이어졌습니다.

벌은 온도에 민감합니다. 더운 여름날, 벌집 안이 너무 뜨겁고 습기가 차서 눅눅해지면 애벌레가 죽어 버리고 맙니다. 그것을 막기 위해 날개를 흔들어 일으킨 바람을 벌통 안으로 집어넣어 내부 온도를 낮추는 것이지요. 바람 불어 넣기 말고도, 벌통 표면에 모여 그늘을 만든다거나, 입에 물을 머금어 와서 벌집에 뿜는 따위 다양한 방법으로 벌들은 벌통 안 온도를 낮춥니다. 반대로 겨울에는 몸을 서로 붙여 날개를 흔들어 벌통 안 온도를 올립니다. 이러한 작업은 암벌인 일벌들이 모두 맡아서 합니다.

"대단하군요. 일벌들은!"

"그렇지?"

야자와 씨는 놀라는 치하루를 보며 빙그레 웃었습니다. 치하루는 며칠 전 야자와 씨가 했었던 말, "정말 대단한 건 일벌들이지."라는 말이 무슨 뜻인지 조금은 알 것 같은 기분이 되었습니다.

연수 막바지에 조그만 사건이 일어났습니다. 그날도 치하루는 벌집 안을 들여다보기 위해 양봉장으로 갔지요. 그런데 벌통 뚜껑을 연 순간 팔뚝에 날카로운 느낌이 스쳤습니다. 아프다기보다는 뜨거운 느낌이었습니다. 태어나서 처음으로 벌에 쏘인 것이지요. 야자와 씨는 곧바로 핀셋으로 살갗에 남아 있던 침을 빼 주었습니다.

약을 바르고 얼음찜질을 하자 쿵쿵거리던 마음도 차차 평정심을 되찾아 갔습니다. 의외로 아무렇지 않았습니다. 그런 생각을 할 수 있을 만큼 마음에 여유도 생겼습니다. 치후유 씨도 "처음 쏘인 것치고는 차분하게 잘 대처했다."며 칭찬해 주었습니다. 왠지 으쓱한 기분이 들기도 했지요. 전업 양봉가에 한 발짝 다가선 것 같은 기분이 들었으니까요. 그런데 그때, 혼잣말 하듯 중얼거리는 야자와 씨의 목소리가 들려왔습니다.

"그런데…… 쏜 벌은 죽고 말지."

분명 예전에 어디선가 들은 이야기였습니다. 꿀벌은 한 번 쏘면 죽고 만다고. 머리를 부딪친 것 같은 충격이었지요.

'가족을 지키려다 그 벌이 죽어 갔구나. 뚜껑을 열 때 좀 더 조심했다면 이런 일은 일어나지 않았을 텐데.'

"미안해. 꿀벌아. 미안해."

치하루의 눈에 눈물이 차올랐습니다. 작은 생명을 빼앗아 버리고 말았다는 자책이었지요. 야자와 씨가 조용히 치하루를 다독였습니다.

"괜찮아. 생명의 소중함을 알게 된 거니까."

연수 마지막 날, 야자와 씨 식구들이 송별회를 열어 주었습니다. 마당에 화로를 만들어 고기를 구워 가며 치하루는 치후유 씨, 할머니와 함께 이야기꽃을 피웠습니다. 웃는 낯으로 사람들과 어울렸지만 치하루는 제 실수로 꿀벌이 죽었다는 게 여태 마음에 걸렸습니다. 그런데 송별회가 끝나 갈 무렵, 야자와 씨가 한 가지 제안을 했습니다.

"치하루. 마지막으로 꿀벌들한테 인사하러 갈까?"

망설이듯 치하루의 눈빛이 흔들렸지만 치후유 씨는 밀짚모자와 보호망을 건넸지요. 치하루는 미적미적 그것을 받아 들고 야자와 씨 차에 올라탔습니다.

양봉장에 도착하니 오늘도 꿀벌은 햇빛을 흠뻑 받으며 활기차게 날아다니고 있었습니다.

"치하루. 벌통 안에 손을 넣어 보렴."

"네?"

'⋯⋯다시 쏘일지도 몰라.'

불안함이 스쳤습니다. 야자와 씨는 온화한 눈빛으로 치하루를 지긋이 바라보며 서 계셨지요.

치하루는 천천히 벌통으로 다가가, 벌들을 놀래키지 않도록 조심조심 뚜껑을 열었습니다. 벌통 내부, 벌집 틀과 틀 사이 3센티미터쯤 되는 공간에 천천히 손을 넣었습니다. 그러자 포근한 공기가 치하루의 살갗에 닿았습니다.

"따뜻해!"

지금까지 치하루에게 곤충은 어딘지 차가운 이미지였거든

요. 그런데 그 벌통 안은 정말이지 따뜻했습니다.

"그게 바로 꿀벌의 온도, 생명의 온도란다."

야자와 씨의 말이 천천히, 다정하게, 치하루의 마음 깊이 스며들었습니다.

'꿀벌 정말 대단하다! 아니, 생명이 있는 모든 것, 그 모든 것들이 대단한 거겠지.'

지금까지 맛본 적 없는, 설명하기 힘든 감동이었습니다.

"수고했다, 치하루. 졸업 시험 합격!"

뜨거운 여름 하늘 아래, 야자와 씨의 웃는 얼굴이 반짝반짝 빛나는 듯했습니다.

첫 양봉. 첫 꿀벌. 이루 헤아릴 수 없을 정도로 소중한 '처음'을 가슴에 품고 치하루는 다테시나 양봉에 안녕을 고했습니다.

핫치비에잇, 출범!

일자리 체험을 끝낸 후, 치하루는 꿀벌의 매력에 완전히 빠지고 말았습니다. 그래서 학교에 양봉부를 만들어야겠다는 생각까지 하게 되었습니다.

"오, 재밌을 것 같은데? 좋은 생각이다."

기타하라 선생님도 흔쾌히 받아 주었습니다.

학교 안에서 벌을 친다니, 도시였다면 상상도 못 할 일일 겁니다. 하지만 이곳은 풍요로운 자연에 둘러싸인 후지미초. 도시 사람들만큼 벌에 저항감이 있는 곳은 아니니까요.

치하루는 당장이라도 양봉부를 만들 기세였지만 기타하라 선생님은 일단정지를 외쳤습니다. 양봉부를 만들겠다면, 그 전에 우선 벌을 어떻게 키우는지, 그 방법을 배워야 한다고요. 살아 있는 목숨붙이를 대하려면 어중간한 기분으로 시작하면 안 된다는 말씀이었지요. 치하루는 의욕만으로 무턱대고 덤빈 자신을 가라앉힐 수밖에 없었습니다.

양봉부를 만들기 전, 먼저 꿀벌 공부부터 시작했습니다. 그 무렵 치하루는 시모스와마치에서 꿀벌 강습회가 열린다는 소식을 들었습니다. 기타하라 선생님과 함께 가 보기로 했습니다.

강습회장에 도착해 제일 먼저 놀란 건 참가자가 이렇게나 많다는 사실이었습니다. 대부분 취미로 양봉을 하고 있는 지역민들이었지요. 강습회장은 열기로 넘쳐 나고 있었습니다.

여성 사회자의 진행으로 강습회가 시작됐고, 곧이어 다마가와 대학 벌 과학 연구 센터의 사사키 마사미 명예교수가 강단에

섰습니다. 사사키 교수는 부드러운 말투로 벌의 생태와 습성, 양봉의 매력에 대해 이야기했습니다.

강연이 무르익고 질의응답 시간이 되자, 참가자들한테서 질문이 속속 쏟아졌습니다. 벌통은 어떤 형태로 만드는 것이 가장 이상적인가, 채밀은 어떤 순간에 하는 것이 좋은가. 대부분 양봉을 해 본 이들만이 할 수 있는 실질적인 질문들이었습니다. 치하루와 선생님은 참가자들 수준에 살짝 기가 죽었습니다. 그럼에도 치하루는 "저요!" 하고 손을 번쩍 들었고 그 모습이 사사키 교수의 눈에 들었습니다.

"후지미 고등학교 원예과에 다니는 다케마에 치하루라고 합니다. 학교에 양봉부를 만들어 보고 싶어서 공부하고 있는데요, 꿀벌은 무리에게 위험이 닥치면 자신을 희생해서라도 무리를 지키려고 하잖아요? 생물에게는 자기 생명을 지키고자 하는 본능 같은 것이 내재되어 있다고 생각합니다. 그런데 왜 꿀벌만은 유독 가족을 위해 생명을 버리는 것일까요?"

이 질문은 다테시나 양봉에 다녀온 뒤로, 치하루가 늘 품고 있던 물음이었습니다. 다른 참가자들의 질문과는 좀 색깔이 달랐지요.

"오, 좋은 질문을 해 주셨네요."

사사키 교수의 얼굴에 즐거운 웃음이 떠올랐습니다. 사실 치하루는 아무렇지 않게 던진 질문이었지만, 벌의 '혈연 선택설'이나 '이타 행동'처럼 꽤나 학술적인 주제와 연관되는 질문이었습니다. 지금의 치하루로서는 사사키 교수의 대답을 전부 이해하기란 어려웠지요. 그 자리에서는 그 정도에서 인사를 하고 질문을 마칠 수밖에 없었습니다. 그런데 강습회가 끝난 다음 사사키 교수가 치하루가 있는 곳까지 일부러 찾아왔습니다.

"양봉부를 만든다고 했지? 열심히 하렴. 혹시 괜찮다면 내가 있는 대학에 놀러 와도 좋단다."

사사키 교수는 치하루에게 명함을 건넸습니다. 다마가와 대학 벌 과학 연구 센터는 일본 벌 연구 분야의 최고봉이라 할 수 있는 연구 기관입니다. 치하루는 기분이 날아갈 듯했습니다.

그 뒤로도 치하루와 기타하라 선생님은 꿀벌 공부를 위해 바깥 활동을 계속해 나갔습니다. 가미이나 군 나카가와무라에 있는 '꿀벌 박물관'을 방문해 세계에서 길이가 가장 긴 노랑말벌 집을 보기도 했고, 신슈에 가서 '일본 토종벌 협회' 아사카즈 도미나가 회장을 만나 양봉 이야기를 듣기도 했습니다. 사사키 교수가 있는 다마가와 대학에도 물론 찾아갔지요. 사사키 교수는 마중을 나와 벌 과학 연구 센터와 대학 내부를 안내해 주었습니다. 그날, 같은 센터 연구원인 나카무라 준 교수도 소개받았습니다.

나카무라 교수는 벌 연구로 세상에 널리 알려진 인물로, 여러 책을 썼고, 강연회나 TV 프로그램에도 나가 꿀벌을 알리는 일을 힘껏 해 나가고 있는 분이었습니다. 치하루가 양봉부를 만들려고 한다는 이야기를 듣고는 "벌에 관해 모르는 것이 있다면 무엇이든 물어봐도 좋아요." 하고 말해 주었습니다.

자, 만반의 준비는 끝났고, 드디어 부원 모집입니다!

목표 인원은 '하치蜂 꿀벌'에 걸맞게 여덟 명. '꿀벌'의 일본어 발음도 '하치'이고 '8'의 일본어 발음도 '하치'이다.

치하루는 제일 친한 친구 하루미를 가장 먼저 초대했습니다. 사실 입학할 무렵만 해도 치하루와 하루미는 그리 가까운 사이가 아니었습니다. 열혈 소녀인 데다가 하나에 꽂히면 거기로 돌진하는 치하루와, 재밌는 일이 있다면 이것저것 해 보고 싶어 하는 하루미는 정반대였죠.

'나랑은 성향이 많이 다르군.'

얼마쯤 거리를 두며 바라보던 사이였습니다. 그러다가 1학년 가을쯤, 하루미가 치하루의 바깥 활동에 흥미를 가지기 시작하면서 자연스레 서로 이야기를 나누게 되었습니다. 성격이 정반대라 상대의 장점과 단점을 더 잘 볼 수 있어, 지금은 서로 뭐든 이야기할 수 있는 사이가 되었지요. 하루미는 양봉부에 들어오라는 치하루의 권유를 흔쾌히 받아들였습니다.

다음으로 가입을 권한 친구는 같은 반 도네가와였습니다. 주변을 즐겁게 해 줄 줄 알고 사람을 잘 챙기는 도네가와라면 양봉부 안에서 든든한 선배 노릇을 해 줄 것이 분명했습니다.

1년 후배인 고우미는 농업 클럽^{농업 관련 학생들만으로 조직된 학생회 같은 모임} 운영진으로 일하며 알게 됐습니다. 고우미는 치하루와 비슷한 성격으로 밝고 긍정적이라, 회의에서 만나면 자주 잡담을 나누고는 했습니다.

"있잖아, 너, 양봉부 안 할래?"

복도에서 스쳐 가며, 치하루가 툭 던지듯 말했습니다.

"엥? 뭐예요 그게?"

고우미는 수상쩍다는 시선으로 치하루를 쳐다봤습니다.

"꿀벌을 키우려고. 벌써 부원으로 넣었으니 그렇게 알고 있어!"

고우미가 거절할 틈도 없이 치하루는 제 할 말만 하고 뛰어가 버렸습니다. 이렇게 반강제로 들어온 몇몇도 있었지만 그럭저럭 여덟 명을 모았습니다.

자, 이제 다음은 양봉부 이름 정하기.

'후지미 고등학교 양봉부'라고 하면 너무 딱딱한 느낌이라 뭔가 친근한 이름을 붙이고 싶었습니다. 다들 모여 머리를 맞댄 다음 '핫치비에잇'으로 결정했습니다. '핫치ハッチ'는 벌을 뜻하는 '하치ハチ'에 좀 더 친근감을 담은 표기였고, 영어 'Bee'는 국제적인 부를 만들자는 포부를 담아 선택했습니다. 마지막 '8'은 8이라는 숫자를 옆으로 눕히면 무한대 기호가 되기 때문에 양봉부가 무한히 성장하길 바라는 커다란 꿈을 담은 것이었죠. '하치가 셋이니 미쓰바치蜜蜂, 꿀벌. '미쓰'는 숫자 '3'의 일본어 발음이기도 하다. 즉 '핫치', 'Bee', '8'의 일본어 발음 안에 '하치'가 공통적으로 들어가 있다.'라는 어설픈 말장난도 섞인 작명이었습니다.

초대 회장은 치하루, 부회장은 하루미, 기타하라 선생님은 고문을 맡아 주었습니다. 2010년 2월, 농업 클럽 총회 승인을 거쳐 '핫치비에잇'이 출범했습니다. 일본에서도 몇 안 되는 고등학교 양봉부는 그렇게 시작되었지요.

양봉부 핫치비에잇 첫해

어떤 벌을 쳐 볼까?

동아리가 출범하긴 했지만 핫치비에잇은 아직 실체가 없는 모임이었습니다. 양봉부에서 가장 중요한 꿀벌이 없었기 때문이지요. 사실 지금 당장이라도 벌을 치고 싶기야 했지만 한 가지 문제가 있었습니다. '어떤' 벌을 키울지, 부원들이 좀처럼 결정하지 못했기 때문입니다.

현재 일본에서 치는 벌은 두 종류입니다. '토종벌'과 '서양벌'로, 원산지는 물론 습성이나 기르는 방법에서 큰 차이가 납니다.

토종벌은 예로부터 일본에서 살고 있는 재래종입니다. 성질이 온순하고 추위와 병에 강한 반면, 벌집 환경이 마음에 들지 않으면 무리 지어 달아나는 골치 아픈 습성이 있습니다.

한편 서양벌은 메이지 시대1868년~1912년에 양봉 기술과 함께 들어온 외래종입니다. 꿀을 많이 딸 수 있도록 개량된 벌로 몸집은 일본 토종벌보다 두 배 정도 큽니다. 몸집이 큰 만큼 모으는 꿀 양도 많은데, 토종벌보다 대여섯 배나 많이 딴다고 알려져 있습니다. 서양벌은 토종벌처럼 도망치는 습성이 거의 없어서 제대로 돌본다면 착실히 무리를 늘려 갈 수 있습니다. 그러나 일본의 기후와 풍토에 맞게 개량된 벌이 아니라서 질병과 추위에 약하다는 단점이 있습니다.

전업 양봉가들 중에는 서양벌을 치는 사람이 압도적으로 많습니다. 꿀을 따기가 좋거든요. 토종벌은 취미로 양봉을 하는 사람들이 조금씩 키우고 있는 형편입니다. 아니, 어쩌면 '키운다'는 표현은 정확하지 않을지도 모르죠. 토종벌은 환경이 마음에 들지 않으면 달아나 버려서 인간이 길들이는 것이 불가능하거든요. 땅 한 귀퉁이에 벌통을 두고 그 안에서 자라는 무리를 그저 지켜보는 건 가능합니다. 때때로 먹이를 찾아 들어오는 야생동물을 멀리서 몰래 지켜보는 것 같다고나 할까요. 벌집을 꾸준히 들여다보다가 무언가 문제가 있을 때만 도움을 건네는 식이지요. 그리고 1년에 딱 한 번, 무리가 약해지지 않을 정도로만 꿀을 나눠 받습니다. 일본은 아주 옛날부터 이런 식으로 꿀벌과 함께 살아왔습니다. 취미로 양봉을 하는 사람들은 야생성이 있는 일본 토종벌을 기르는 것이 훨씬 더 재미있다고 말합니다. 양봉부에서도 토종벌을 치고 싶은 마음이 간절하지만 그리 간단하지는 않습니다. 왜냐하면 토종벌을 손에 넣기란 꽤나 어려운 일이기 때문입니다.

서양벌은 양봉 도매상이나 인터넷 쇼핑몰에서도 살 수 있습니다. 그런데 토종벌은 일단 파는 곳부터가 없습니다. 어찌어찌 돈을 내고 샀다고 해도 문제입니다. 토종벌은 새로운 환경이 마음에 들지 않으면 무리째 어디론가 날아가 버리니까요. 그러니 토종벌을 치고 싶다면 야생벌을 직접 포획하는 수밖에 없습니다. 그런데 어떻게?

우선은 빈 벌통을 만듭니다. 그런 다음 꿀벌이 좋아할 것 같은 곳에 빈 벌통을 놓습니다. 이제 남은 일은 꿀벌이 들어가 벌집을 지을 때까지 기다리는 일뿐.

이것은 '분봉'이라는 꿀벌의 '무리 나누기' 습성을 이용하는 것이지요. 봄부터 여름에 걸쳐, 여왕벌은 새 여왕벌이 될 알을 낳습니다. 그리고 일벌 절반을 데리고 집을 떠납니다. 집을 떠난 무리는 새로운 거처를 찾아야 합니다. 근처에 괜찮은 벌통이 있고 주위 환경이 마음에 든다면 사람이 가져다 놓은 벌통에 자연스레 자리를 잡겠죠. 인간세계로 치자면 방을 찾는 이에게 집주인이 아파트를 내주는 것 같다고나 할까요. 들어갈지 말지는 벌들 마음에 달렸습니다. 설치하자마자 금세 벌이 드는 벌통도 있지만 2년, 3년 기다리는 벌통도 있으니까요.

"흠, 이삼 년이라……."

"갑자기 어지럽다. 아무래도 인터넷에서 서양벌을 사는 게 낫지 않을까?"

그런 의견도 나왔지만 역시나 일본 토종벌을 포기할 수는 없었습니다. 아무튼 포획에 도전해 보자는 걸로 의견이 모였습니다.

그럼 벌통부터 만들어야죠. 벌통이라고 뭉뚱그려 말하지만 자세히 들여다보면 벌통은 아주 다양합니다. 가장 일반적인 것이 전업 양봉가들이 쓰는 '랭스트로스Lanstroth 식 벌통'으로 나무 벌집 틀 여러 개로 이루어진 이동식 벌통입니다. 하지만 토종벌은 이거다 하는 정형이 없습니다. 통나무 속을 파서 만든 '통나무 벌통'이나 '육각형 벌통', 층층이 쌓아 올리는 '찬합식 벌통'처럼 토종벌을 치는 이들은 다양하게 궁리를 해서 자신만의 벌통을 만듭니다. 핫치비에잇에서는 만들기가 그래도 손쉬운 '세로형 벌통'을 만들기로 했습니다.

일요일, 부원들과 가족들이 학교에 모였죠. 기타하라 선생님이 일러 주는 대로 작업이 시작됐습니다. 우선은 삼나무 판을 잘라 옆쪽에 댈 판을 네 장 준비했습니다. 겉과 안이 바뀌지 않도록 주의 깊게 판을 조립한 다음 나사로 고정시켜 밑이 없는 상자를 만들었습니다. 안쪽에는 벌집이 떨어지지 않도록 십자 모양 봉을 붙이고, 위에 뚜껑을 달면 완성. 이렇게 들으면 간단해 보여도 제법 까다로운 작업이었습니다. 겨우 1밀리미터짜리 틈도 작은 꿀벌 눈에는 큰 구멍이기 때문이지요. 구멍 뚫린 집에서 살고 싶은 사람은 없듯 꿀벌도 마찬가지입니다. 틈이 없고, 튼튼하고, 아름다운 벌통으로 완성시키려면 작업에 신중을 기해야 합니다.

작업에 열중한 지 두 시간. 벌통 스무 개가 완성됐습니다. 모처럼 이렇게 만들었으니 만든 이 이름을 벌통에 적어 넣기로 했습니다. 그런데 공교롭게도 쓸 만한 것이 검정색 페인트밖에 없었습니다.

"뭔가 비석 같은데?"

세로로 길쭉한 나무 상자에 검은색 붓글씨로 이름을 적어 넣고 보니 누구랄 것도 없이 사람들 입에서 이런 소리가 새어 나왔습니다. 결국 쓴웃음과 함께 벌통 만들기가 끝이 났지요.

벌통을 만든 다음 할 일은 벌통 놓기입니다. 바람이 잘 통하는 곳, 물이 가까운 곳, 여름에 햇볕이 너무 강하게 내리쬐지 않는 곳처럼 '토종벌이 좋아하는 곳'이 어딘지에도 여러 가지 설이 있습니다. 하지만 반드시 이런 곳이어야 한다는 건 없죠. 우선은 이것저것 너무 많이 생각하지 말고 꿀벌이 되었다는 마음으로 자연에서 영감을 얻어 장소를 정하기로 했습니다.

눈을 감기도 하고, 하늘을 올려다 보기도 하고, 두 팔을 크게 펼쳐 보기도 합니다. 꽃 냄새, 뺨을 간질이는 바람, 물이 흐르는 소리.

"아, 여기라면 살아 보고 싶어."

부원들은 저마다 그런 생각이 드는 장소를 찾아 자기가 만든 벌통을 놓았습니다.

자, 과연 꿀벌은 들어와 줄까요?

양봉부의 첫 벌통

"하…… 벌이 왜 안 올까?"

실습실 안에서 치하루가 머리를 싸매고 있습니다.

빈 벌통을 놓은 지 2주일, 벌이 찾아든 벌통이 한 통도 없었습니다. 일본 토종벌을 포획할 수 있는 시기는 꿀벌의 이사 철인 분봉 기간뿐입니다. 바로 지금이 그때죠.

"완벽하게 꿀벌의 기분이 된다는 건 역시 너무 어려운 일이었나 봐."

사실 또 하나 더, 치하루를 낙담하게 만든 일이 있었습니다. 동아리를 처음 만들 때는 여덟 명이었던 부원이 한 명, 또 한 명 줄고 있었거든요. 가지런한 빗에서 빗살이 하나씩 빠져나가듯 말이죠. '아르바이트로 바빠서', '다른 동아리 활동이 겹쳐서' 따위로 까닭은 다양했지만 결국은 '꿀벌의 매력을 아직 잘 모르겠다.'는 것이 본심이었을 겁니다. 그리고 그것은 2학년 부원인 고우미도 마찬가지였습니다.

고우미는 1학년 때 농업 클럽 운영진을 맡았습니다. 거기서 선배인 치하루와 알게 됐고 거의 반강제로 양봉부에 들어왔죠. 그래서 꿀벌이 없는 양봉부에 매력을 느끼지 못했습니다.

"안 되겠다. 역시 못 하겠어. 어차피 그만둘 거라면 지금 그만두는 게 낫겠다."

점심시간 교실에서 고우미는 친구인 모모네에게 투덜거립니다. 모모네가 이야기를 듣더니 긴 속눈썹을 꿈뻑이며 이런 말을 하죠.

"꿀벌이 오지 않는 건 어쩌면 금릉변이 없어서인지도 몰라."

"금릉변? 뭔데 그게?"

"뭐? 고우미 너 금릉변도 모르냐?"

모모네 말로는 금릉변은 난과 식물의 하나로 여왕벌과 똑같은 냄새, 그러니까 페로몬을 내뿜는다고 합니다. 토종벌이 그 냄새를 좋아해서 끌어들일 수가 있다는 것이었지요. 양봉가들은 이런 성질을 이용해, 빈 벌통 옆에 금릉변을 두고 꿀벌 무리의 입주 확률을 높인다고 합니다.

"전혀 몰랐어. 이야, 모모네 너 진짜 아는 게 많구나?"

"당연하지. 나는 바이오테크놀로지부 소속이니까."

모모네는 바이오테크놀로지 동아리 부원으로, 멸종 위기 식물인 개불알꽃을 연구하고 있었습니다. 개불알꽃도 난과 식물이라 이런 정보에도 환한 것이었지요.

고우미는 모모네에게 양봉부와 바이오테크놀로지부 둘 다하면 안 되겠냐고 부탁했습니다.

"아니, 나보다는 저 녀석을 끌어들이는 게 더 나을걸?"

모모네의 턱짓을 따라 고개를 돌리다가, 조금 떨어진 곳에서 둘의 대화를 유심히 듣고 있던 한 남학생과 눈이 마주쳤습니다. 같은 반 친구 우에노였지요.

"그래? 우에노 너 곤충 같은 거 좋아하냐?"

"좋아하지. 특히 개미 같은 조그마한 곤충."

"우와 진짜? 그럼 양봉부에 들어와. 내가 너 대신 그만둘 테니까."

"안 돼. 배드민턴 때문에."

자신은 이미 배드민턴부에 소속되어 있고, 이중으로 동아리 활동을 하는 것은 자신이 세운 원칙에 어긋난다는 것이었습니다. 이리하여 고우미는 오늘도 그만둘 기회를 잡지 못하고 터덜터덜 맥없이 양봉부로 갈 수밖에 없었습니다.

그러던 어느 날, 기타하라 선생님이 기쁨을 감추지 못한 채 동아리실로 뛰어 들어왔습니다.

"얘들아! 꿀벌이 올 거야!"

무슨 영문인지 몰라 아이들은 놀란 얼굴로 서로를 바라봤지요. 선생님 말을 들어 보니 양봉부에 벌이 들지 않는다는 소식을 들은 동네 할아버지가 치고 있던 토종벌 무리를 나눠 주시기로 했다는 겁니다. 학생들은 신나서 환호성을 질러 댔지요.

"우와……. 드디어! 꿀벌이 오는구나!"

고우미도 가슴이 두근거리기 시작했습니다.

꿀벌을 받아 오는 것은 일벌이 집으로 돌아오길 기다려 밤에 하기로 했습니다. 힘을 쓰는 일이라 남자 부원들이 중심이 되었지요. 기타하라 선생님, 도네가와, 고우미가 꿀벌을 받으러 가기로 했습니다. 치하루도 가고 싶었지만 차에 탈 수 있는 정원이 꽉 차는 바람에 동아리실을 지켜야 했습니다.

"조심해. 기다리고 있을 테니까 얼른 다녀와야 해!"

마치 신혼집에서나 볼 법한 뜨거운 배웅을 받으며 세 남자는 차에 올라탔습니다.

밤길을 10여 분 달려 도착한 곳은 함석지붕을 이고 있는 커다란 농가였습니다.

"여어, 선생님. 잘 오셨습니다. 벌통은 이쪽에 있어요."

할아버지와 함께 뒷밭으로 가 보니 벚나무 밑에 높이 50센티미터쯤 되는 통나무가 세로로 놓여 있었습니다. 통나무 속을 파서 만든 통나무 벌통이었지요. 아무래도 그 안에 벌집이 든 모양이었습니다. 셋은 모자 위로 보호망을 뒤집어쓴 다음, 손에는 고무장갑, 발에는 고무장화를 신고 단단히 무장을 했습니다. 먼저 선생님이 천천히 통나무로 다가가 아랫쪽에 난 작은 문을 두꺼운 판지로 막았습니다. 테이프로 고정하고 나면 안에 있는 벌이 밖으로 나올 수가 없습니다.

"좋아. 해 보자."

고우미와 도네가와가 서로 눈빛을 주고받더니 양쪽에서 통나무를 들어 올렸습니다. 벌집이 기울어지지 않도록 천천히, 그리고 조용하게.

고우미의 손을 타고 묵직한 무게감이 느껴졌습니다. 벌들은 모두 잠들었는지, 날갯짓 소리조차 들려오지 않았습니다. 하지만 살아 있는 것들이 내뿜는 강렬한 생명력이 통나무를 통해 전해져 왔지요.

'이 안에 수백 수천 마리가 살고 있어.'

그렇게 생각하니 고우미는 마음이 뜨거워졌습니다.

자동차 짐칸에 벌통을 싣고, 달이 뜬 밤길을 시속 30킬로미터로 천천히 달렸습니다. 학교에 도착하니 교문 근처에서 다른 부원들이 기다리고 있었지요. 치하루는 벌통에 볼이라도 비빌

기세로 달려왔습니다. 안을 들여다보고 싶었지만 선생님이 막았습니다. "이동하느라 벌의 심기가 불편할 테니 오늘 밤은 위험해."라고 하셨지요.

"내일이면 벌들과 만날 수 있어."

아쉬운 마음을 달래며 다들 집으로 돌아갔습니다.

다음 날 아침, 고우미는 평소보다 일찍 학교로 갔습니다. 꿀벌이 신경 쓰여 도무지 잠이 오지 않았거든요. 동아리실로 가 보호망을 쓰고 장갑을 낀 다음 두근거리며 실습 텃밭 쪽으로 바삐 걸음을 옮겼습니다.

벌통은 상쾌한 아침 햇살을 받으며 그 자리에 서 있었습니다.

'어? 이상하다?'

벌통으로 다가간 고우미는 고개를 갸웃했습니다. 벌통 주변이 너무나도 조용했거든요. 어젯밤 가리개를 치워 뒀는데도 출입구에서 오가는 벌이 한 마리도 없습니다. 나뭇가지를 주워 통나무 끝을 가볍게 살짝 찔러 봤습니다. 일순 몸을 움츠렸지만 역시나 벌은 조용하기만 했지요. 고우미는 과감하게 뚜껑을 열어 보기로 했습니다.

"……거짓말!"

통나무 안에는 벌이 한 마리도 없었습니다. 가로세로로 가벼운 벌집만이 꽉 들어차 있고, 꿈실거려야 할 것들이 하나도 없는 풍경. 그야말로 유령도시 같았습니다. 고우미가 멍하게 바라보고 있는 동안 어느새 선생님도 벌통 쪽으로 다가오고 있었죠.

"어라? 고우미, 일찍 나왔네. 벌은 어때?"

"…… 없어요."

"뭐라고?"

"꿀벌이…… 없어요, 선생님."

벌통 안을 보던 선생님이 나지막이 중얼거렸습니다.

"도망쳤구나."

"도망이요?"

"일본 토종벌은 섬세하지. 벌통 환경이 마음에 들지 않으면 무리를 지어 달아나 버리거든. 아마 꿀벌들은 여기가 마음에 들지 않았던가 봐."

"설마 그런……."

고우미는 저도 모르게 온몸에서 힘이 쭉 빠지는 듯했습니다.

'벌이 도망치다니. 어딘가로 가 버렸어. 얼굴 한 번 보여 주지

도 않고.'

어릴 때부터 고우미는 늘 반려동물과 함께였습니다. 강아지건 고양이건 고우미가 다정하게 대해 주면 그 녀석들도 고우미를 따랐지요. 밥을 주면 기뻐하며 꼬리를 흔들어 줬습니다. 하지만 벌은······.

"토종벌은 야생의 생명체야. 사람 생각대로 움직여 주지 않는 게 당연하지."

위로하듯 선생님은 그렇게 말했습니다.

'맞아. 토종벌은 야생 생물이었어. 집에서 키우는 반려동물이 아니라.'

이 일로 고우미는 일본 토종벌에 흥미를 갖게 되었습니다.

한편 그런 고우미의 변화에 호응하듯 양봉부에 새로운 부원이 들어왔습니다. 첫 번째 인물은 1학년 사유키. 곤충을 그리좋아하는 건 아니었지만 입학 후에 봤던 동아리 활동 소개가즐거워 보여서 가입을 결정한 여학생이었습니다.

두 번째 인물은 앞서 등장했던 모모네. 바이오테크놀로지부와 양봉부 활동을 겸하기로 한 것이죠.

"모모네, 너, 뭔 바람이 불어서 그런 결정을 한 거야?"

고우미가 묻자 모모네는 히쭉 웃으며 이렇게 대답했지요.

"내가 금륭변을 키워야지, 안 그러면 너네한테 벌이 영원히 안 올 것 같아서."

그리고 또 한 사람, 뜻밖의 인물이 있었습니다. 바로 곤충을 좋아한다던 우에노였지요. 듣자 하니 얼마 전 배드민턴 대회에서 큰 점수 차로 지고 말았다고 했습니다. 그 일로 배드민턴에 대한 미련이 싹 가셨는지 동아리를 그만둬 버렸고 곧바로 양봉부에 들어왔지요. 동아리 두 개를 같이 하는 건 원칙에 어긋난다더니, 주관이 강한 만큼 결단도 빠른 성격이었나 봅니다.

한편, 꿀벌이 도망친 뒤에 놀라운 일이 더 일어났습니다.

기타하라 선생님은 벌을 나눠 받은 농가를 다시 찾았습니다. 벌이 사라졌다고 말씀드리고 죄송하다는 인사를 하기 위해서였지요. 그랬더니 할아버지가 이렇게 말씀하시는 게 아니겠어요?

"그랬군. 안타까운 일이네. 그럼 내가 다시 벌 한 통을 줌세."

말씀을 들어 보니 놀랍게도, 할아버지 댁 빈 벌통에 새로운 꿀벌 가족이 들어왔다는 것이었습니다.

"우리 벌은 도망쳤는데 그쪽에는 들어왔다니……. 들어갈 만한 곳에는 들어간다는 게 정말이구나."

그렇게 다들 놀라워하며 또다시 꿀벌을 받아 왔지요. 그런데 다음 날, 벌통을 본 부원들은 아연실색할 수밖에 없었습니다. 꿀벌이 또다시 사라지고 말았기 때문입니다. 그런데 신기하게도 할아버지 댁 빈 벌통에는 또다시 꿀벌 가족이 들었습니다. 이런 일이 세 차례나 반복되자 선생님은 '어떤 사실'을 깨닫게 됐습니다.

토종벌은 본능적으로 자기가 살던 장소를 기억하고, 그곳으로 돌아가는 습성이 있습니다. 이 같은 습성이 없다면 꿀을 모으러 나간 벌이 집으로 돌아갈 수 없기 때문이지요. 그러니까 토종벌 벌통을 옮길 때 조심하지 않으면 벌들이 살던 곳으로 돌아가고 맙니다. 토종벌의 비행 범위는 반경 2킬로미터. 학교와 할아버지 댁은 그보다 더 가까운 거리였습니다. 그래서 양봉부 벌통에서 도망친 꿀벌 무리가 자기 집이 있던 할아버지 댁으로 돌아간 것이었지요. 그걸 모른 채 양봉부원들은 매번 할아버지 댁에서 같은 무리를 받아 왔고, 받아 오면 도망치고, 받아 오면 도망치고를 되풀이했던 겁니다.

진상을 알게 된 양봉부원들은 "꿀벌은 정말 대단하구나." 하며 혀를 내두를 수밖에 없었습니다. 그리고 이번에는 2킬로미터 넘게 떨어진 곳에 벌통을 놓고 새집에 익숙해지도록 했습니다. 그렇게 하고 나서야 비로소 토종벌을 손에 넣을 수 있었지요.

연극 〈꿀벌 씨 극장〉

양봉부에 꿀벌도 왔으니 이제 드디어 본격적인 활동 시작입니다.

첫 꿀벌을 나눠 받은 뒤로, 꿀벌을 나눠 주는 분들이 속속 등장해 후지미 고등학교의 꿀벌 무리는 일곱 식구로 늘었습니다. 부원들은 벌통을 학교 안 세 군데에 나누어 놓고, '만남의 장', '배움의 장', '치유의 장'이라는 이름을 붙였습니다.

벌통마다 담당자를 정해서, 자기가 맡은 벌의 상태를 날마다 관찰하기로 했지요. 1분 동안 꿀벌 몇 마리가 벌통을 드나드는지, 벌통에서 나온 벌이 어느 쪽으로 날아가는지, 벌통 들머리 상황은 어떤지를 살펴 기록했습니다. 또, 뚜껑을 열고 벌집 안도 정기적으로 살폈고요. 무리 속에 여왕벌이 있는지, 알은 낳았는지, 수벌이 있는지, 꿀은 얼마나 모였는지, 해충인 나방 애벌레는 없는지, 꼼꼼하게 벌의 상태를 점검하고, 약해진 벌통이 있으면 설탕물을 주는 따위로 그에 맞는 처치를 했습니다.

꿀벌을 실제로 만나면서 부원들 사이에서도 다양한 흥미가 끓어오르기 시작했습니다. 전문 서적 같은 걸 돌려 읽으며 벌의 생태에 대해서도 공부하기 시작했지요. 덕분에 이런 걸 알게 되었습니다.

- 일본 토종벌은 얼추 8천 마리~1만 마리가 한 무리를 짓는다.
- 번식기는 봄부터 여름까지이고, 무리는 여왕벌, 일벌, 수벌 세 종류로 이루어져 있다.
- 여왕벌은 한 마리뿐이다. 무리의 10퍼센트 정도가 수벌, 나머지 90퍼센트가 암벌인 일벌이다.
- 일벌은 4주 남짓 사는데(겨울철은 좀 더 길다.) 무리를 이어 가기 위해 끊임없이 일하지만 알은 낳지 않고 죽는다.
- 반면 수벌의 일은 생식이라 다른 일은 하지 않는다. 독침도 없다. 일벌한테 꿀을 받아먹고 산다.

꿀벌의 세계는 알면 알수록 더 흥미진진했습니다. 벌을 치기 시작할 때만 해도 벌벌 떨던 부원들도 금세 푹 빠지고 말았지

요. 부원들의 학교생활은 온통 꿀벌 일색이 되었습니다. 등교
하자마자 벌들한테 인사부터 했고, 점심에는 벌통이 보이는 곳
에 앉아 밥을 먹은 다음, 수업이 끝나면 꿀벌을 관찰했지요.

이렇게 부원들이 꿀벌에 흠뻑 빠져 있는 동안, 주변에 꿀벌
을 무서워하는 사람이 있다는 사실도 다들 알게 됐습니다. 토
종벌은 온순한 생물이라 사람이 해를 끼치지만 않는다면 쏘는
일은 없습니다. 하지만 벌을 치고 있다고 하면 불편한 기색을
보이는 사람, 무섭지 않느냐고 물어 보는 사람, 노골적으로 "꿀
벌은 적!"이라며 얼굴을 찌푸리는 사람까지 있는 형편이었습니
다. 가까이에 유치원도 있어서 아이들이 쏘이지는 않을까 걱정
하는 어른들도 있었고요.

부원들은 꿀벌이 인간의 적이 아니고, 온순한 생명체라는 것
을 사람들에게 알리고 싶었습니다. 한 명이라도 더 많은 사람
들이 꿀벌을 좋아하게 됐으면 좋겠다고 생각했지요.

토론 결과, 꿀벌의 삶을 짧은 연극으로 만들어 무대에 올리
기로 했습니다. 제일 먼저 할 일은 대본 쓰기였지요. 다들 방과
후 늦은 시간까지 학교에 남아 이야기를 짜냈습니다. 대본이 완
성됐으니 이번에는 의상을 해결해야 합니다. 부원들은 여기서

조금 장난기가 발동해 분장 사이트에서 꿀벌 옷을 사고 맙니다. 노랑과 검정 가로 줄무늬가 그려진 짧은 원피스를 입은 여자 부원을 보고 기타하라 선생님은 놀라서 눈이 동그래졌지요. 하지만 애써 웃으며 "뭐, 그 정도면 귀엽게 봐 줄만 하네." 하고 말해 주었습니다.

배역을 정한 뒤 몇 번이고 연습을 했습니다. 그렇게 완성한 연극 제목은 〈꿀벌 씨 극장〉입니다. 첫 공연은 근처 유치원에서 하기로 했습니다. 아이들은 놀이방에 모여 초롱초롱한 눈빛으로 극이 시작되기를 기다리고 있었습니다. 원장 선생님이 소개를 마치자 치하루와 하루미가 맡은 꿀벌 두 마리가 무대에 등장했습니다.

꿀벌1 : 우리는 어제 막 번데기에서 나온 귀여운 꿀벌이야. 내 이름은 치하치 짱.

꿀벌2 : 내 이름은 하루하치 짱. 우리가 제일 먼저 하는 일은 벌집 청소야. 치하치 짱, 우리 같이 열심히 청소하자.

꿀벌1 : 그래. 우리 둘이 청소해서 반짝반짝한 집을 만들자!

동시에 : 청소, 청소, 청소, 청소!

일벌은 자라며 하는 일이 달라집니다. 제일 처음에는 벌집 청소, 그 다음으로는 육아, 벌집 만들기, 저장한 꿀 관리, 문지기, 꿀 따러 다니기에 이르기까지, 성장에 따라 서서히 단계를 높여 갑니다. 그 과정을 꿀벌 두 마리의 연기로 보여 줬습니다.

여왕벌이 하루에 수천 개나 되는 알을 낳는다는 것에서, 벌방_{애벌레를 기르고 꿀을 저장하는 방}은 정육각형으로 허니콤^{honeycomb} 구조라 불린다는 것까지, 학술적인 자투리 정보들도 이야기에 담았습니다. 연극의 절정은 꿀벌 두 마리가 추는 춤이었습니다.

일벌은 꿀과 꽃가루를 가지고 돌아온 후 숫자 '8' 모양을 그리듯 벌집 안에서 춤을 춥니다. 동료 일벌에게 꽃의 위치를 가르쳐 주는 것이지요. 태양을 기준으로 몸의 각도를 달리해 밀원의 방향을 알려 주고 엉덩이를 흔드는 시간을 통해 밀원과 얼마나 떨어져 있는지를 알려 줍니다. 마치 그 모습이 꿀 수확을 기뻐하며 춤추는 것처럼 보인다 해서 '수확 춤', '꿀벌 춤'이라고 불리고 있지요.

꿀벌1 : 아까 그 꽃밭, 참 좋지 않았어? 꽃들도 착했고 말이야.

꿀벌2 : 아, 맞다. 그 꽃밭을 모두에게 알려 줘야지.

꿀벌1 : 그래. 그럴 때는 8자 춤이지!

꿀벌2 : 이렇게 춤을 추면 꽃밭이 어디에 있는지 다른 벌들에게 가르쳐 줄 수 있다구.

이렇게 흥이 오른 연극은 벌집을 부수려고 하는 아이들한테서 집을 지키려던 꿀벌 두 마리의 죽음으로 절정을 맞이합니다. 꿀벌은 한 번 침을 쏘면 죽고 맙니다. '무엇과도 바꿀 수 없는 생명을 소중히 여기자.'는 메시지를 전하며 연극은 끝이 났지요.

유치원 아이들은 연극을 무척이나 재미있어 했습니다. 초등학생이 벌집에 돌을 던지는 장면에서 "얘들아, 우리 같이 돌 던질까?" 하고 관객석을 보며 묻자 이구동성 큰소리로 "안 돼!" 하고 소리 지를 정도였지요.

양봉부원들은 첫 공연에서 좋은 반응을 얻게 되자 기회가 닿을 때마다 〈꿀벌 씨 극장〉을 무대에 올렸습니다. 하지만 그 모든 게 순조로웠던 건 아니었습니다. 연극을 하다가 누군가 대사를 잊기도 했고 야외에서 극을 올렸는데 관객석에 목소리가 들리지 않아 무슨 내용인지 도무지 알 수가 없었다는 평을 듣기도 했으니까요. 부원들은 연극이 끝날 때마다 합평회 자리를 마련해 대본 내용과 연기를 조금씩 고치고 다듬어 나갔습니다.

더 나아가 양봉부는 꿀벌의 매력을 알리기 위해 《치이 짱의 꽃밭》이라는 그림책과 그림 연극도 만들었습니다. 그리고 또 다른 연극도 만들어 올렸습니다. 〈꽃가루 대 미츠코 디럭스^{미츠} 코 디럭스는 일본의 유명한 여장 남자 연예인이다.〉라는 제목의 연극으로, 꿀과 꽃가루가 어떤 차이가 있는지 알려 주려고 만든 연극이었습니다. 이번에는 남자 부원들이 주연으로 나섰는데, 제목은 물론 의상에서도 강한 인상을 남겼습니다.

우리, 꿀벌의 마음이 되어 보자

양봉부에 꿀벌이 온 지 한 달이 지났습니다. 부원들은 꿀벌을 위해 할 수 있는 일이 좀 더 있지 않을까 고민해 보게 되었습니다. 그러다가 떠오른 생각이 '꿀벌을 위한 뜰 만들기'였습니다. 꽃이 늘어난다면 꿀과 꽃가루를 양식으로 삼는 꿀벌이 분명 기뻐할 터. 그런데 꽃밭에 어떤 꽃을 심어야 할지 몰랐습니다. 다마가와 대학 나카무라 교수님한테 여쭈었더니 '꿀벌 백화百花'라는 곳을 소개해 주었습니다.

꿀벌 백화는 도쿄 도 구니타치 시를 근거지로, 인간과 벌이 함께 살아갈 수 있는 환경을 만들기 위해 활동하는 비영리 공익단체입니다. 꿀벌의 생태를 알리는 강습회나 사람들이 자연에 더 가까워질 수 있게 돕는 여러 행사를 꾸리며, 힘차게 활동을 펼치고 있는 단체이기도 합니다. 꿀벌 백화는 꿀벌을 위해 꽃을 심고 있었는데 나카무라 교수님은 특히 그 활동이 양봉부에게 도움이 되겠다 생각했던 겁니다.

6월 어느 주말, 치하루와 하루미, 기타하라 선생님은 전철을 타고 구니타치 시로 갔습니다. 일행을 반겨 준 이는 꿀벌 백화에서 대표를 맡고 있는 아사다 구니코 씨였습니다. 아사다 씨는 썬캡에 분홍빛 폴로셔츠를 경쾌하게 걸치고 쾌활하게 웃으며 치하루 일행을 반갑게 맞았습니다.

"꿀벌이 있는 고교 생활이라니, 정말 멋지네요. 오늘 여기서 많은 것들을 보고, 도움을 얻길 바랍니다."

일행은 인사를 마친 뒤 미타카 시에 있는 '벌들의 뜰Bee Garden'로 자리를 옮겼습니다. 두 평 남짓한 작은 뜰이었지만 온갖 식물이 자라고 있었습니다. 라벤더, 로즈마리 같은 허브류와 함께 채송화, 부추 같은 다양한 식물이 있었죠. 벌들의 뜰에 있는 모든 식물은 꿀벌한테 양식이 되는 꿀과 꽃가루를 맺는 식물이라고 했습니다. 여러 식물을 섞어 심어서 어느 계절에도 꿀이 떨어지지 않게 배려해 놓았습니다. 벌들의 뜰에서 일행은 사람이 좋아하는 관상용 식물과 꿀벌이 좋아하는 식물이 다르다는 사실을 배울 수 있었습니다.

다음으로 찾은 곳은 구니타치 시의 한 호박밭이었습니다. 넓은 밭에는 30센티미터 정도 자란 호박 모종이 가득했습니다. 호박꽃은 여름에 피는데, 노란색 꽃이 꿀을 듬뿍 품고 있기 때문에 꿀벌한테는 반가운 식물이라고 할 수 있습니다. 꿀벌 백화에서는 가을에 호박을 거둬 할로윈 파티를 연다고 했습니다.

"다들 꿀벌 옷을 입고 모이는 거예요. 진짜 재밌으니까 꼭 놀러 와요."

아사다 씨는 기분 좋게 웃으며 일행을 파티에 초대했습니다.

견학이 끝난 뒤 카페에서 잠시 쉬어 가기로 했습니다. 치하루는 동아리 활동에 대해 이야기하면서 빈 벌통을 스무 개나 놓았는데 꿀벌이 들지 않았다며 아쉬워했지요. 아사다 씨는 연신 고개를 끄덕이며 듣다가 치하루의 이야기가 끝나자 조용히 이렇게 되물었습니다.

"여러분들이 꿀벌이 오길 바라는 이유는 뭘까요?"

"네?"

"귀여워서? 아니면 꿀이 필요하니까? 그런데 그건 인간 위주의 마음 아닐까요? 꿀벌과 사이좋게 지내고 싶다면 꿀벌 처지에 서 보는 게 중요해요."

이 말이 치하루의 가슴 깊이 와 닿았습니다. 다들 꿀벌이 찾아오길 바라는 마음만으로 애썼던 게 사실이니까요. 후지미 고등학교가 꿀벌한테 좋은 장소일지, 살고 싶은 곳일지 생각해 본 적은 없었습니다.

'꿀벌들 눈에 우리 동네는 어떻게 비칠까?'

치하루는 후지미에 되돌아와 다른 부원들에게도 아사다 씨가 해 준 이야기를 전했습니다. 그 뒤부터는 다들 일상에서부터 '꿀벌의 눈'을 의식하게 됐지요. 꽃을 발견하면 꿀벌부터 찾았고, 모르는 식물이 있다면 도감을 뒤적였습니다. 그리고 그것이 꿀벌 처지에서 반가운 식물인지 아닌지 생각해 보게 됐습니다. 그러자 신기하게도 지금까지 아무렇지 않게 보던 풍경이 완전히 달라 보였습니다.

"저기 저 풀, 밀원 식물 맞지?"

길 가장자리에서 논두렁을 뒤덮듯 자라고 있는 칡넝쿨을 보고 한 아이가 부원들에게 말을 걸었습니다. 잡초라고 미움 받는 칡도 꿀벌한테는 소중한 존재입니다. 여름에서 가을, 꽃이 적은 시기 동안 소중한 양식이 되어 주기 때문입니다. 잡초라고 단정하는 것은 인간 중심의 생각일 뿐이지요. 어떤 식물이건 저마다 역할이 있습니다.

어느 날 치하루는 흥미로운 책을 만나게 됩니다. 미국 작가 알렌 분이 쓴 《네 발로 걷는 스승》이라는 실제 이야기입니다.

알렌은 저자이자 주인공으로 신문기자 일을 하다가 할리우드에서 영화 제작자가 된 인물입니다. 그는 묘한 인연으로, 왕년에 영화에서 명연기를 펼친 개를 기르게 됐습니다. 이름이 스트롱 하트였죠. 스트롱 하트는 똑똑한 개였습니다. 알렌이 속으로 무언가 생각하면 그에 응답하는 행동을 하고는 했지요. 알렌은 어떻게든 스트롱 하트와 대화를 나누고 싶다는 생각을 하게 됐고 여러 시행착오를 겪습니다. 거듭되는 실패 끝에 드디어 마음이 서로 통하게 되죠. 알렌이 어떤 깨달음을 얻었기 때문입니다.

"우리 인간은 인간만이 우월하고 동물은 뒤떨어진다고 생각하지만 결코 그렇지 않다. 모든 살아 있는 것들은 대등하다."

알렌은 마음의 소리를 통해 스트롱 하트와 대화를 나누게 됩니다. 그리고 놀랍게도 알렌은 파리나 다른 생물과도 대화할 수 있게 됩니다. 모든 생명을 존경하는 마음으로 대하는 동안 알렌은 혼자서는 얻을 수 없었던 거대한 지성을 마주하게 된 것이지요. 이것이 바로 서로 다른 생물들 사이의 소통입니다.

적잖이 영적인 내용처럼 보이지만, 반려동물과 함께하는 사람 중에는 공감하는 사람도 많을 겁니다. '반려동물이 내 마음을 이해하는구나.' 하고 느끼는 이가 의외로 많기 때문이지요.

양봉부원들도 책을 돌려 읽고는 내용에 깊이 공감했습니다.

'살아 있는 것에 위아래가 있을 수 없다. 인간도, 동물도, 꿀벌도.'

자신들에게 많은 것을 가르쳐 준 꿀벌들. 양봉부원들은 우러르는 뜻을 담아, 앞으로는 꿀벌을 '꿀벌님'이라 부르기로 했습니다.

따뜻한 어르신들과

꿀벌 백화와 교류를 하면서 부원들은 정신적으로 성장할 수 있었습니다. 마을과 사람들 속으로 더 넓게, 더 깊이 들어갈 수 있는 계기가 되기도 했습니다. 특히 큰 도움이 되었던 것은 후지미의 시민 단체 '우리 마을 알리기 모임'을 알게 된 일입니다.

이 단체는 '우리'라는 말도 '오라호'라는 동넷말을 쓰고 있습니다. '우리가 살고 있는 후지미의 매력을 알리자.'는 뜻을 모아 만든 모임이지요. 후지미에서 자연농법으로 농사를 짓는 이들이 중심이 되었는데, 꿀벌 백화는 전부터 이 모임과 끈끈한 관계를 이어 왔습니다. 그래서 양봉부가 구니타치 시를 방문했을 때 "후지미에 재밌는 모임이 있는데."라며 아사다 씨가 소개해 주었던 거지요.

구니타치 시에서 돌아오자마자 기타하라 선생님은 우리 마을 알리기 모임에 연락해 보았습니다. 그러자 모임 대표를 맡고 있는 엔젤 치요코 씨가 후지미초를 사랑하는 동지로서, 언젠가 함께 활동할 수 있길 바란다며 반가워해 주었습니다.

장마가 끝나고 뉴카사 산에 하얀 은방울꽃이 필 무렵, 오라호 마을 모임과 했던 약속이 실현됐습니다. 치요코 씨가 양봉부에 시나노사카이 노인회에서 〈꿀벌 씨 극장〉을 올려 보지 않겠냐고 했거든요. 양봉부원들은 기쁘게 수락했습니다.

일요일, 선생님과 부원들은 시나노사카이 역 앞에 모였습니다. 그런데 아무리 기다려도 이 일에 다리를 놓아 준 치요코 씨가 나타나지 않는 겁니다. 선생님이 치요코 씨에게 전화를 걸자 전화기 너머에서 놀란 목소리가 들려왔습니다.

"아니 지금 역 앞에 계신다고요? 만나기로 한 곳, 마을회관이었을 텐데요?"

"네에?"

어찌 된 영문인지 만나기로 한 장소를 착각한 모양이었습니다.

"다들 정말 미안하다! 일단 무조건 뛰자!"

아이들은 허둥지둥 뛰기 시작했습니다. 저 멀리 마을회관이 보이고 치요코 씨가 걱정스런 얼굴로 기다리고 있었습니다.

"애들아, 선생님. 다들 괜찮아요?"

"죄송합니다. 제가 착각해서…….."

"이야기는 나중에 하고, 일단 안으로 들어갑시다."

결국 양봉부는 30분이나 늦게 마을회관에 도착했습니다. 기다리다 못해 지루해진 할머니 할아버지들은 굉장히 언짢아 보이셨죠. 사실 어르신들은 양봉부 아이들을 무척이나 기다리셨습니다. 오늘도 대부분 연극 시작 30분 전부터 와 계셨고요. 결국 한 시간 넘게 양봉부 아이들을 기다린 것이지요. 선생님과 치요코 씨가 사정을 말씀드리며 정중히 사과했지만 기분이 그리 나아진 것 같아 보이지는 않았습니다

'어떻게 하냐, 이 분위기……. 연기하기 쉽지 않을 것 같은데.'

부원들은 옷을 갈아입으면서 완전히 주눅이 들고 말았습니다. 그런데 치하루가 이런 말을 하죠.

"야, 다들 힘내자! 이렇게 풀 죽어 있는 걸 보면 꿀벌님이 우릴 얼마나 비웃겠니?"

'그래. 우리는 꿀벌님이 얼마나 훌륭한지 알리기 위해 여기 온 거잖아!'

후지미 고등학교에 살고 있는 꿀벌들을 떠올리자 긴장이 조금 풀리는 것 같았습니다.

치요코 씨 소개로 극이 시작되었습니다. 처음에는 굳은 얼굴로 연극을 보던 어르신들도 점차 낯빛이 풀리기 시작했습니다. 엉덩이 씰룩씰룩 8자 댄스 장면에서는 "귀엽다!"며 소리치실 정도였지요. 그것이 웃음으로 이어져 연극은 큰 손뼉과 함께 막을 내렸습니다.

다과회는 화기애애한 분위기였습니다. 남자 부원들은 할아버지들과 나가노 현에서 예부터 해 오던 '땅말벌 쫓기'로 이야기꽃을 피웠고, 여자 부원들은 할머니들과 함께 나가노 현 명물인 오야키밀가루, 메밀가루 반죽에 팥이나 야채 속을 넣어 구운 떡 이야기로 수다 꽃을 피웠습니다. 양봉부원 대부분이 핵가족에서 태어나 자란 터라 할아버지 할머니에게 이런 이야기를 들을 일이 거의 없었습니다. 모르고 지내던 지역 문화를 접하게 되면서 마을 사람들이 이어 온 전통을 놀라움과 함께 새롭게 발견할 수 있었지요.

즐거워하는 이들을 보며 치하루는 또다시 생각하게 됩니다.

'아, 우리 동네 사람들은 정말 따뜻하구나.'

치하루는 1학년 때 시작한 현장학습에서 이 고장의 매력을 처음으로 깨달았습니다. 마을을 지켜 가는 사람들의 따뜻함도 느끼게 됐지요. 마을과 마을 사람들을 좀 더 알고 싶어서 활동을 계속하다가 꿀벌과 만나게 된 것이었습니다. 그리고 지금, '우리 동네가 좋다.' 하는 깨달음들이 양봉부원들 마음속으로 퍼져 나가고 있다는 것을 느낄 수 있었습니다. 그것이 치하루는 진심으로 기뻤습니다.

모임을 마치고 양봉부원들이 마을회관을 나설 무렵, 하늘이 붉었습니다.

"다들, 오늘 정말 고마웠어요. 진짜 즐거웠어요."

"다시 또 오면 좋겠어."

할아버지 할머니들이 마을회관 밖까지 나와 배웅해 주셨습니다.

"오늘 저희가 정말 신세를 많이 졌습니다. 그리고 아까 늦어서 정말 죄송합니다."

선생님이 허리 굽혀 인사를 하자 어르신들은 아니라며 어쩔 줄 몰라 하셨습니다. 그리고 한 할아버지께서 마치 혼잣말처럼 나직하게 이런 말씀을 하셨습니다.

"이 아이들은 우리 동네 보물이야."

'보물……? 우리가?'

다른 할아버지 할머니들도 웃으며 고개를 끄덕이셨습니다.

"정말이야. 하나같이 다들 착하고."

"이 애들 때문에 후지미는 걱정 없다."

아이들은 가슴속에서 찡, 뜨거운 것이 치미는 기분이었습니다.

"선생님, 지역의 보물을 키워 주셔서 고맙습니다."

감사의 말을 들은 선생님은 "아이구, 아닙니다." 하며 머리를 긁적이며 머쓱해했지요. 그 모습이 재밌어서 다들 또 웃음보가 터졌습니다.

마치 벌꿀처럼 달콤하고, 부드럽고, 따뜻한 시간이었습니다.

야마구치 선생님을 만나다

장마가 끝나고 상쾌한 초여름 바람이 고원을 훑고 지나가는 시절, 이 꽃 저 꽃 꿀을 찾아 부지런히 날아다니는 후지미 고등학교의 꿀벌들도 행복해 보입니다.

부원들은 꿀벌을 보살피는 데 조금 익숙해지자 수박 겉핥기 식으로 어디서 들은 지식, 혹은 책에 적힌 정보가 아니라 동네에서 전해 오는 제대로 된 양봉 기술을 배우고 싶었습니다. 그런 고민을 할 무렵 근처에 대단한 양봉가 선생이 있다는 얘기를 동네 어르신에게 듣게 됐지요. 나가노 현 북쪽에서 꿀벌을 치며 연구하는 야마구치 도미오 씨였습니다. 꿀벌에 관한 풍부한 지식과 양봉 기술로 높이 평가받는 인물이라고 했습니다. 양봉부는 한 다리 건너 곧바로 연락을 넣었고, 얼마 지나지 않아 야마구치 씨의 양봉장을 견학할 수 있게 되었습니다.

일요일, 양봉장 견학길에 나선 부원들은 긴장했습니다.

"야마구치 씨는 벌에 얽힌 일이라면 깐깐한 분이시다. 다들 아무쪼록 양봉장에서는 조심하도록."

야마구치 씨를 소개해 준 분이 못을 박듯 단단히 당부했기 때문입니다.

'너무 까다롭고 까칠한 분이면 어쩌지?'

아니나 다를까, 약속 장소에 등장한 야마구치 씨는 우락부락한 얼굴에 체격이 좋은 장년의 남자분이었습니다.

간단히 인사를 마치고 장비를 챙겨 다들 양봉장으로 갔습니다. 오늘은 내부 검사를 지켜보기로 했습니다. 20분쯤 걸으니 나무들로 둘러싸인 풀밭이 나왔고, 랭스트로스식 사각 벌통이 스무 개 남짓 줄지어 있었습니다. 양봉 도구를 설명하는 야마구치 씨의 말투는 웃음기 없이 정중했습니다.

"자, 그러면 이제 실제로 내부를 검사해 볼게요. 옆에서 잘 지켜보세요."

부원들은 벌통과 야마구치 씨를 감싸듯 둥글게 자리를 잡았습니다. 야마구치 씨는 천천히 벌통 뚜껑을 열더니 분무기로 안에 물을 뿌렸습니다. 꿀벌의 움직임을 잠시 차분하게 만들기 위해서였죠. 대부분 훈연기를 쓰지만 야마구치 씨는 시간이 지나면 마르는 물을 쓴다고 했습니다. 일본 토종벌은 연기를 싫어해 스트레스를 받기 때문이라고요.

야마구치 씨는 물을 다 뿌리고는 벌통 내부에 세로로 꽂혀 있는 벌집 틀 한 장을 들어 올렸습니다. 나무틀 안쪽, 새 벌집의 밑자리가 되는 벌집 바탕 표면에서 꿈틀대고 있는 벌들을 주의 깊게 보더니 말했습니다.

"다들, 여기 보여요? 벌들이 조금 술렁이고 있다는 거 알겠어요? 꿀벌은 사람 냄새를 싫어합니다. 그렇게 바람을 등지고 서 있으면 사람 냄새가 벌한테 날아가겠죠? 그래서 벌들이 술렁이는 겁니다."

그 말에 바람을 등지고 있던 부원들이 슬쩍 자리를 옮겼습니다. 그러자 꿀벌은 웅성거림을 멈추고 다시 차분해집니다. 야마구치 씨는 꿀벌의 변화를 조용히 기다려 주고는, 내부 검사를 계속했습니다. 신기하게도 꿀벌은 전혀 술렁이지 않았습니다. 같은 꿀벌이라도 대하는 방식에 따라 이렇게 다르구나, 부원들은 입을 다물지 못했지요.

"꿀벌은 본래 자연 속에 사는 존재입니다. 그걸 사람이 자기 형편에 끼워 맞춰 키우는 거지요. 되도록 벌한테 부담을 지우지 않는 것, 그것이 양봉하는 사람이 지녀야 할 최소한의 예의입니다."

벌을 치는 자세에 대한 묵직한 의미가 담긴 말이었습니다.

시간은 순식간에 지나가 버렸지요. 어느덧 양봉장을 떠나야 할 때가 되었습니다. 부원들은 야마구치 씨에게 양봉 기술을 더 배우고 싶었지만 야마구치 씨는 고개를 저었습니다.

"나는 내가 좋아서 벌을 치고 있을 뿐입니다. 누굴 가르칠 수준은 못 됩니다."

돌아오는 전철 속, 치하루는 오늘 있었던 일을 되짚어 봅니다. 그리고 이런 생각을 하게 되죠.

'분명 야마구치 선생님은 엄격한 분인 것 같아. 하지만 마음속에는 꿀벌에 대한 깊은 애정이 있다는 게 느껴지는걸. 양봉을 배우는 건 어렵더라도 더 많은 이야기를 들어 보고 싶어.'

집에 돌아온 치하루는 야마구치 씨에게 메일을 보내기로 했습니다. 우선은 양봉장 견학에 대한 감사의 말로 시작했습니다. 그리고 내부 검사를 지켜보며 느낀 점을 쓴 뒤에, 벌에 대해 궁금한 점을 적어 보냈습니다. 얼마 지나지 않아 야마구치 씨는 답장을 보내왔습니다. 치하루가 적어 보낸 질문에 대한 답이 꾸밈없는 문장으로 간단명료하게 적혀 있었습니다. 야마구치 씨는 가르쳐 줄 양봉 기술이 없다고 하면서도 치하루의 질문에 제대로 대답해 주었죠. 그 메일을 보며, 굳이 드러내려 하지 않는 다정함과 진지한 성품을 느낄 수 있었습니다.

그때부터 치하루는 양봉에 대해 모르는 점이 있을 때마다 야마구치 씨에게 메일을 보내게 되었습니다. 때로는 벌을 치는 요령에 대해 묻기도 했고 가끔은 후지미 고등학교 꿀벌들의 상태를 사진으로 찍어 보내기도 했습니다. 그런 치하루와 양봉부원들의 진심이 야마구치 씨에게 전해졌던 걸까요. 어느 날 야마구치 씨가 동아리실로 찾아왔습니다. 당신이 딴 '봄 꿀'을 선물로 들고 말이지요. 다들 모여 한 숟갈씩 맛봤습니다. 깔끔하면서도 정말 맛있는 꿀이었지요. 야마구치 씨 말로는, 딸기, 벚나무, 칠엽수 같은 봄철 밀원이 그 꿀에 담뿍 담겼다고 합니다.

그날부터 야마구치 씨는 이따금 양봉부를 찾았고, 결국에는 외부 선생님 자리를 맡아 주었습니다. 부원들은 야마구치 선생님에게 배운 내부 검사 방법을 알림판으로 만들어 '배움의 장' 벌통 근처에 세웠습니다. '일본 토종벌 치는 법—기타신슈 방식

기타신슈는 나가노 현 북쪽 지역을 말한다. '신슈'는 나가노 현의 옛 이름이다. 나가노 현 북쪽에 살면서 벌을 치는 야마구치 도미오의 방식을 이른다. 양봉 8계명'이라 이름 붙였습니다. '1. 여왕벌님 용태를 살필 것', '2. 산란과 육아가 순조로운지 살필 것' 뭐 이런 식으로 여덟 개 조항을 적어 두었습니다. 붓글씨체의 진지한 글귀에 야마구치 씨도 피식 웃음이 터졌지요. 처음 만났을 때는 웃음기 없이 뚝뚝하던 야마구치 씨. 하지만 진짜 얼굴은 꿀벌과 자연을 마음속 깊이 아끼는 다정한 사람이었습니다.

두근두근, 첫 꿀 따기

"이제 된 것 아냐?"

"그치? 슬슬 때가 된 것 같지?"

양봉부원들은 요즘 들어 안절부절못하고 있습니다. 이렇게 다들 손꼽아 기다리는 일. 그건 바로 첫 꿀 따기, 벌꿀 수확입니다.

토종벌을 치는 이에게 채밀이란 분봉과 마찬가지로 가슴 뛰

는 순간입니다. 서양벌은 1년에 몇 번이고 꿀을 딸 수 있지만 토종벌 채밀 작업은 1년에 딱 한 번뿐이거든요. 꿀을 모으는 양이 서양벌과 견주면 훨씬 적기 때문입니다. 꿀은 꿀벌이 쌓아 둔 양식이라 너무 많이 따면 벌이 겨울을 날 수 없게 됩니다. 그래서 무리의 상태를 봐 가며 1년에 한 차례, 그 꿀을 나눠 받는 것이지요. 그렇게 꿀을 따는 날이 가까워지고 있었습니다.

8월 8일, 일요일. 부원들은 가족과 동네 사람들을 초대해 첫 꿀 따기에 도전했습니다. 작업자는 보호망과 보호 장비를 쓴 양봉부원들. 사각 토종벌통의 꿀을 제일 처음 따 보기로 했습니다.

먼저 뚜껑을 가볍게 톡톡 쳐서 꿀벌을 밑으로 보냅니다. 실수로 꿀벌을 죽이는 일이 없도록 말이지요. 꿀벌은 죽는 순간 공격 페로몬을 퍼트리기 때문에 한 마리가 죽으면 자극을 받은 다른 벌들이 계속해서 공격해 옵니다. 사람을 쏘면 꿀벌은 죽게 되죠. 그래서 꿀벌을 안전한 곳으로 대피시키는 것입니다.

다음으로는 뚜껑 제거 작업에 돌입했습니다. 사각 토종벌통은 밑이 없는 상자가 여러 개 쌓인 구조입니다. 상자와 상자 사이에 칸막이가 없어 내부는 뻥 뚫린 동굴처럼 되어 있습니다.

꿀벌은 천장에서 시작해 역원추형으로 집을 매달아 붙여 지어 갑니다. 벌집 위쪽이 뚜껑에 붙어 있는 모양새라 뚜껑을 떼어 낼 때에는 우선 뚜껑에 붙은 벌집부터 분리해야 합니다. 넓적하고 편편한 주걱으로 뚜껑과 맨 윗 상자 사이에 조그만 틈을 벌립니다. 그 틈에 스테인리스 철사를 집어넣은 후 양쪽 끝을 잡고 좌우로 밀어 가며 뚜껑 밑을 통과시킵니다. 벌집은 뚜껑에서 분리되어도 떨어지지 않습니다. 상자 벽 부분과 상자 속에 걸쳐 둔 열십자 모양 낙하 방지 봉에 붙어 있기 때문입니다.

뚜껑과 벌집 분리 작업이 끝났으니 이제 드디어 뚜껑을 열어 볼 차례.

"우와!"

지켜보던 사람들이 자기도 모르게 탄성을 내뱉었습니다. 두께 5센티미터에서 6센티미터쯤 되는 벌집이 세로로 빽빽하게 들어차 있고 뚜껑에서 떼어 낸 단면에서 꿀이 넘쳐 나고 있었습니다.

뚜껑을 떼 낸 뒤에는 벌집을 잘라 냅니다. 뚜껑을 분리할 때와 마찬가지 방식으로 첫 번째와 두 번째 상자를 분리합니다. 토종벌은 쓰임새에 맞춰 벌집을 나눠서 사용합니다. 제일 윗부분이 꿀 저장실, 그 밑이 꽃가루 저장실, 그 아래가 애벌레가 있는 육아실, 가장 밑부분이 여왕벌과 수벌들이 사는 방입니다. 그러니까 우리는 벌집의 제일 윗부분인 저장실만을 잘라 내 꿀을 받는 것이지요. 조금 가엾다는 생각도 들지만 벌집 본체가 남아 있어서 꿀벌은 삶을 이어 나갈 수 있습니다. 여름에 꿀을 따더라도 겨울이 오기까지 다시 꿀을 모아 무사히 겨울을 나는 것이지요.

벌집 상자를 잘 분리했다면 상자째로 커다란 대야에 담아 그 안에 붙어 있는 벌집을 떼어 냅니다. 벌집은 찌그러진 핫케이크가 제멋대로 겹쳐 있는 모양새인데, 이 핫케이크 속에 엄청난 수의 작은 벌 방이 있습니다. 그 속에 꿀이 저장되어 있는 것이지요. 꿀이 쉽게 흘러나오도록 세로로 길게 칼집을 넣은 다음 상자 벽에 붙어 있던 부분을 잘라 냅니다. 툭툭, 크고 작은 벌집 덩어리가 대야 속으로 떨어집니다. 자른 면 위로 꿀이 흘러넘치고 달콤한 향기가 퍼져 나갑니다. 지켜보던 사람들 입에서 "먹고 싶다!"는 소리가 절로 납니다.

떼어 낸 벌집 덩어리들을 소쿠리로 옮깁니다. 아래에 그릇을 받쳐 두면 소쿠리를 빠져나온 황금빛 액체가 똑, 똑 떨어져 모입니다.

서양벌 꿀을 거둘 때는 원심분리기를 씁니다. 그런데 일본 토종벌은 벌집이 약해 압력을 못 견디죠. 그래서 자연스레 꿀이 떨어지길 기다리는 옛 방식을 그대로 잇고 있습니다.

30분 정도 지나자 그릇에 꿀이 잔뜩 모입니다. 손가락으로 찍어 먹어 봅니다. "달콤하다."는 말과 더불어 "따뜻해!"라는 탄성이 터져 나옵니다. 그렇습니다. 방금 딴 꿀은 따뜻합니다.

꿀을 맛봤으니 이제 벌집을 먹어 보기로 합니다. 꿀벌 집은 납蠟의 한 종류인 '밀'로 이루어져 있습니다. 흔히 '밀랍'이라고 하고 왁스와 비슷하지요. 먹어도 해가 없습니다. 다만 벌집 자체에 아무 맛이 없고 삼키기가 힘들어 마지막에는 뱉어 내야 합니다. 서양에서는 '벌집꿀'이라는 이름으로 팔리는 고급 식품입니다. 부원들이 주뼛거리며 먹어 보니 질기게 씹히면서 꿀의 달콤한 맛이 입안 가득 퍼집니다. 마치 천연 추잉 껌 같은 느낌이라고 할까요.

"이건 무슨 꽃에서 딴 꿀이야?"

벌꿀 맛을 본 한 여자분이 부원에게 묻습니다.

"백화꿀이에요."

"백화꿀?"

"네. 온갖 꽃의 꿀이 섞여 있거든요."

벌꿀에는 한 가지 꽃에서 딴 '단일 밀원 꿀'과 여러 꽃에서 딴 '백화꿀'이 있습니다. 시장에서 흔히 볼 수 있는 꿀이 단일 밀원 꿀인데, 아카시아꿀, 연꽃꿀처럼 꽃 이름을 붙여서 팝니다.

서양벌은 날아가서 꿀을 딸 수 있는 꽃들 가운데 꿀이 많은 꽃을 집중해서 찾는 습성이 있습니다. 전업 양봉가는 주로 서양벌을 치고, 특정한 꽃이 필 때에 맞춰 꿀을 뜨는 일이 많습니다. 그렇다 보니 시장에서 만나는 꿀은 대부분 단일 밀원 꿀입니다. 그런데 토종벌은 단기간에 꿀을 충분히 따기가 어려워 다양한 꽃에서 꿀을 모읍니다. 그러니까 토종벌이 모은 꿀은 여러 꽃 꿀이 섞인 꿀일 수밖에 없지요. 그것이 바로 백화꿀입니다. 참고로 일본 토종벌의 먹이 활동 범위는 벌집에서 반경 2킬로미터 정도입니다. 그래서 백화꿀은 그 땅 안에 핀 꽃들의 맛이 고스란히 담겨 있지요. 백화꿀에는 하나도 같은 것이 없어서, 하나 하나 맛보는 것이 큰 즐거움 가운데 하나입니다.

"그럼 이 맛이 후지미에 핀 꽃들의 맛인 거네?"

그 여자분 얼굴에 기쁨이 퍼져 나갑니다.

일본 토종벌의 일생은 짧습니다. 그 생애 안에 꿀을 따러 나갈 수 있는 건 닷새 정도입니다. 집과 밀원 사이를 오가며 하루에 40킬로미터 넘게 날아다니는 일도 있습니다. 그렇게 애를 써도 꿀벌 한 마리가 일생 동안 모으는 꿀의 양은 찻숟가락 하나가 안 된다고 합니다. 그런 꿀을 나눠 받은 것이니 감사한 마음으로 먹어야죠. 후지미에 핀 꽃에서 딴 벌꿀. 꿀벌이 열심히 모은 꿀. 그 꿀에서는 햇빛 내음이 풍겨 왔고, 따뜻한 생명의 맛이 났습니다.

규칙은 규칙

여름 더위가 한풀 꺾이고 분홍색, 흰색 코스모스가 고원에 하늘거릴 무렵, 뜰을 가꾸고, 금릉변을 기르고, 벌통을 만드느라 양봉부는 전보다 더 바빠졌습니다. 그러던 중에 치하루는 '어떤 고민'에 휩싸였습니다. 중학교 때부터 계속해 온 관악부와 양봉부를 둘 다 잘할 수 있을까 고민되었던 것이지요.

고민의 시작은 한 달쯤 전으로 거슬러 올라갑니다. 치하루는 토종 다래를 연구할 때처럼, 양봉부 활동을 논문으로 정리해 농업 클럽 나가노 현 대회에서 발표했습니다. 그것이 최우수상을 타게 됐고 지역 대표 자격으로 호쿠신에쓰 지구 대회에 나가게 됐지요. 대단히 영예로운 일이었지만 지구 대회 날이 관악부 연주회 1주일 뒤라는 게 문제였습니다. 둘 다 연습이 필요한 대회였습니다. 어설픈 마음으로 참가할 수는 없는 노릇이었지요.

고민 끝에 치하루는 관악부를 그만두기로 마음먹고 엄마한테 이야기했습니다. 두 동아리에 어중간하게 걸쳐 있다가 부원들에게 피해를 주게 될까 봐 싫었거든요. 엄마는 딸의 결심을 들으며 고개를 끄덕였습니다.

"치하루가 그렇게 정했다니 어쩔 수 없지만 엄마는 좀 아쉽다. 치하루가 연주하는 유포니움 소리 듣는 거 좋아했는데."

어딘지 모르게 쓸쓸해 보이는 엄마 옆모습을 보고 있자니, 3년 전 일이 문득 스쳐 갑니다. 후지미 고등학교 원예과에 지원하겠다고 말하던 날이었지요. 중학교 때 치하루는 성적이 꽤 좋은 편이었습니다. 일반고에 들어가 명문대 진학을 노려 볼 만한 실력이었지만 '자연이 좋다.'며 후지미 고등학교 원예과에 지원하기로 마음먹었습니다. 아빠는 "지금 네 성적에 맞게, 인문계 고등학교에 가는 게 좋지 않겠니?" 하고 반대했습니다. 하지만 엄마는 "네가 정말 원한다면 그렇게 하는 게 맞겠지." 하며 온화한 얼굴로 지지해 주었지요. 머지않아 아빠도 고개를 끄덕여 주었고, 치하루는 그렇게 원하던 학교에 원서를 넣을 수 있었습니다.

언제든 자신을 다정하게 지켜봐 주던 엄마. 하고 싶은 일이 있다면 뭐든 해 볼 수 있게 믿어 준 엄마. 그런 엄마가 쓸쓸한 얼굴을 보이자 치하루는 마음이 무거웠습니다.

결국 치하루는 관악부를 그만두지 않고 둘 다 열심히 하기로 마음먹었습니다. 그렇게 결정하고 나자 정말 눈코 뜰 새 없이 바빠졌습니다. 수업이 끝나면 관악부 연습을 했고, 늦게 집에 돌아와서는 아침까지 또 농업 클럽 대회 발표 연습을 했습니다. 잠이 모자란 나날들이 이어졌지요.

드디어 관악부 연주회를 하루 앞둔 어느 날, 최종 연습을 마친 치하루는 문득 이런 생각이 들었습니다.

'그래. 꿀벌님들께 인사를 드리자!'

하지만 양봉부에는 한 가지 규칙이 있었습니다. 밤에 벌통을 들여다봐서는 안 된다는 것이었지요. 해가 지면 밖으로 나간 일벌들이 모두 집으로 돌아옵니다. 본래 토종벌은 온순한 성격이지만 안팎을 오가는 일벌은 아무래도 날카로울 수밖에 없습니다. 일벌이 전부 집에 있는 밤 시간에 벌집 안을 들여다보는 것은 위험한 일이었지요.

'하지만 아주 잠깐이라면……'

치하루는 벌통 가까이 다가갔습니다. 원래라면 보호망을 써야 하지만 아무런 방비도 하지 않은 채 말이지요.

조용히 뚜껑을 여는데, 손이 살짝 미끄러졌습니다. 부우웅 하는 날갯짓 소리와 함께 얼굴에 날카로운 통증이 느껴졌습니다. 날아오른 꿀벌에게 뺨을 두 군데 쏘인 것입니다.

"앗, 쏘였다!"

놀랐지만 차분하게 뚜껑을 마저 덮었습니다. 그러고는 도망치듯 양봉장을 빠져나왔습니다.

동아리실에 도착하니 하루미와 도네가와, 그리고 몇몇 후배들이 남아 있었습니다.

"치하루, 무슨 일이야?"

심상치 않은 친구의 모습에 하루미는 깜짝 놀랐지요.

"아무래도 쏘인 것 같아."

"쏘였다니? 꿀벌님한테 쏘였단 말야?"

서둘러 치하루 얼굴에 남아 있던 침을 빼고 해독제로 응급처치를 했습니다.

"치하루. 밤에 벌통을 들여다봐선 안 된다는 거 알고 있잖아?"

"알고 있어. 알고는 있는데……."

울 것 같은 표정으로 웃고 있는 치하루를 하루미는 더 이상 다그칠 수 없었습니다. 왜냐하면 그동안 치하루가 기울인 노력을 누구보다 잘 알고 있기 때문입니다. 최선을 다하고 다한 끝에 드디어 내일이 연주회 날이라는 것, 한숨 돌릴 수 있는 순간이 왔고, 자기가 너무나 좋아하는 꿀벌에게 인사를 하고 힘을 받고 싶었던 그 기분이 너무나도 잘 이해됐기 때문입니다.

도네가와가 조심스럽게 말했습니다.

"하루미. 이 일은 선생님께 말씀드리지 않는 게 좋을 것 같아."

본래는 보고해야 하는 사안이었지만 대회 전에 일을 크게 만드는 것은 좋지 않겠다고 판단했습니다. 다행히 치하루 얼굴에는 부기도 거의 없었습니다. 후배들도 그러는 게 나을 것 같다며, 연주회가 끝날 때까지는 다들 입을 다물고 있기로 했습니다.

다음 날 아침, 치하루는 얼굴이 뜨겁다고 생각하면서 눈을 떴습니다. 졸린 눈을 비비며 거울을 보자 "우왓, 거짓말!", 저도 모르게 눈이 커다래졌습니다. 얼굴이 퉁퉁 부어올라 있었기 때문입니다. 어쩐지 속도 안 좋은 것 같았습니다. 서둘러 아빠를 깨워 응급실로 갔습니다. 주사를 맞고 어느 정도 몸 상태는 나아졌지만 얼굴의 부기는 빠지지 않았습니다.

"치하루, 연주회 어떻게 할래?"

아빠가 묻는데, 치하루는 잠시 대답이 막혔습니다. 하지만 곧 다부진 목소리로 웃으며 말했습니다.

"나가야죠. 물론!"

그날 점심 무렵, 기타하라 선생님과 양봉부원들은 연주회가 열리는 음악당을 찾았습니다. 오늘 연주회에는 치하루 혼자 연주하는 부분도 있습니다.

"실수 없이 평소대로만 하면 좋을 텐데."

선생님은 싱글벙글, 오늘따라 기분이 더 좋아 보였지만 도네가와와 하루미는 어쩐지 마음이 어수선했습니다. 연주회가 끝나면 치하루가 벌에 쏘였다는 걸 말씀드려야 할 것 같았거든요.

음악당 안에는 벌써 사람들이 북적이고 있었습니다. 다들 뒤쪽에 자리를 잡고 앉았습니다. 곧이어 연주회가 시작되었지요.

후지미 고등학교의 연주는 훌륭했습니다. 치하루의 유포니움도 청중을 사로잡았지요.

"치하루, 오늘 좋은데?"

선생님도 만족스러운 얼굴로 치하루의 무대를 지켜봤습니다. 하지만 사실 치하루의 얼굴은 아침보다 더 심하게 부어 있었습니다. 무대가 멀어 선생님과 부원들은 그 사실을 알아차리지 못했지만 말이지요. 통통 부어오른 얼굴로 치하루는 온 힘과 의지를 다해 마지막까지 독주 부분을 훌륭히 연주했습니다.

연주회가 끝나자 음악당은 커다란 손뼉 소리로 가득했습니다. 선생님과 부원들은 치하루를 보러 로비로 나갔지요.

"치하루, 수고했다! 오늘 연주 정말 좋았어!"

익숙한 뒷모습에 말을 건네다가, 고개를 돌려 자신을 바라보는 얼굴을 보고는 선생님은 깜짝 놀랄 수밖에 없었습니다.

"어, 어떻게 된 거야? 얼굴!"

"선생님. ……죄송해요."

그때 치하루의 부모님이 달려왔습니다.

"치하루가 병원 예약이 되어 있어서요. 아, 참, 선생님, 요번 일로 딸아이가 걱정을 끼쳤네요. 이제 병원에 가야 하는 시간이라, 여기서 인사드리겠습니다."

꾸벅 고개를 숙이며 연행하듯 치하루를 데려가는 부모님. 그리고 영문을 몰라 어정쩡하게 치하루네 가족을 배웅하던 선생님은 어색한 눈빛을 주고받는 부원들에게 시선을 돌렸습니다.

"……도대체 어떻게 된 일이야?"

사정을 들은 선생님은 일갈했습니다.

"너희들, 도대체 뭐하는 거야!"

서슬 퍼런 모습에 부원들은 몸이 벌벌 떨릴 지경이었습니다.

"왜 말을 안 했지? 규칙을 깬 치하루도 치하루지만 입을 닫고 있던 너희들도 마찬가지다. 친구를 생각하는 것과 나쁜 일을 모른 척하는 건 다른 거다. 양봉부의 규칙은 누구를 위해 있는지 잘 생각해라!"

"죄송해요."

"잘못했어요. 선생님."

부원들의 입에서 울음소리가 터져 나왔습니다. 화려한 연주회장 로비에서 흐느끼는 한 무리의 아이들. 오가는 사람들은 그 모습을 의아한 눈으로 바라봤지요.

한편 사건 핵심 인물인 치하루에 대해 물으신다면, 1주일 뒤 농업 클럽 지구 대회에서도 유례 없이 선전해 멋지게 우승을 따냈습니다. 훌륭한 성적을 남겼으니 밤에 벌집을 들여다본 사건이 불문에 부쳐졌을까요? 그럴 리가요. 치하루는 얼굴의 부기가 빠질 무렵, 선생님에게 호된 꾸중을 들어야 했습니다.

덤벼라, 말벌!

그냥 쉽게 '벌'이라고 말하기는 하지만 벌에는 그 종류가 정말 많습니다. 전 세계에 무려 20만 종에서 30만 종이나 되는 벌이 있다고 알려져 있지요. 대부분 홀로 살지만 꿀벌처럼 무리를 짓고 벌집을 만들어 사회생활을 하는 벌도 있습니다. 말벌도 바로 그런 벌입니다.

말벌도 꿀벌처럼 여왕벌 한 마리를 중심으로 무리를 짓고, 암벌인 일벌이 애벌레를 키우고 먹이 활동을 합니다. 수벌의 역할은 생식으로, 집 안에서 아무 일도 하지 않는다는 점도 꿀벌과 똑같습니다. 하지만 모양이나 습성은 전혀 다릅니다.

우선은 몸집부터가 다릅니다. 토종벌 일벌은 몸길이가 12밀리미터 정도이지만 말벌은 24밀리미터에서 40밀리미터 정도로 몸집이 약 세 배쯤 더 큽니다. 몸무게는 열 배나 더 무겁지요. 엉덩이에 있는 침의 모양도 다릅니다. 꿀벌 침에는 빵칼 모양 톱니가 붙어 있어서 한 번 찌르면 상대방 몸에서 침이 빠지지가 않습니다. 도망치려고 발버둥치다가 하반신이 떨어져 나가게 되지요. 그래서 한 번 쏘면 꿀벌은 죽게 됩니다. 하지만 말벌 침은 쏘고 난 후에도 잘 빠져서 몇 번이고 적을 공격할 수 있습니다. 말벌과 꿀벌은 입 모양도 다릅니다. 꿀벌은 꽃에서 꿀을 쉽게 빨아들일 수 있도록 빨대 같은 모양을 하고 있지만 말벌은 턱이 발달되어 있습니다. 씹는 힘도 강해서 다른 곤충류나 작은 동물을 사냥해 잘게 씹은 다음 완자 상태로 애벌레에게 먹이죠.

그러던 어느 날 이런 일이 있었습니다. 양봉부원 하나가 얼굴이 새파래진 채 동아리방으로 뛰어 들어왔지요.

"야, 다들 알고 있냐? 말벌이 꿀벌님의 천적이래!"

"천적?"

"응. 집단으로 몰려와서 벌집을 습격한대. 그리고 전부 죽여 버린대!"

"몰살이라니 설마……."

양봉부원들은 좀처럼 그 말을 믿을 수 없었습니다. 물론 말벌이 사납고 공격적이라는 건 알고 있었습니다. 하지만 꿀벌 집을 공격해 전멸시킨다니, 설마 싶었던 거지요.

"엇? 뭐야? 다들 그런 것도 몰랐단 말이야?"

곤충을 좋아하는 우에노가 낭패라는 얼굴로 설명하기 시작했습니다.

말벌은 먹이가 되는 곤충류가 줄어드는 늦여름부터 가을에 걸쳐, 집단으로 꿀벌 집을 공격하는 일이 있습니다. 우선은 정찰벌이 정탐을 한 후, 목표로 노린 벌집 주변에 페로몬이 든 독액을 뿌립니다. 그러면 그 냄새에 이끌려 수십 수백의 말벌 동료가 모여듭니다. 그렇게 모인 말벌 무리는 벌집에 침입해 닥치는 대로 꿀벌을 물어 죽입니다. 그러고는 꿀벌 애벌레를 물고 가서 자기 애벌레들에게 먹이는 것이지요. 그야말로 벌 세계의 마피아입니다.

"집단으로 습격한다니……. 우리 벌통 너무 위험한 것 아닐까?"

다들 창백해졌지만 우에노만은 다 안다는 듯 침착한 얼굴입니다.

"후후후. 그럴 때를 대비해 좋은 물건이 있지."

그 물건이란 바로 '말벌 덫'이라 불리는 벌레잡이 통이었습니다. 만드는 법은 간단합니다. 먼저 페트병 위에 작은 구멍을 뚫어 벌이 드나들 수 있게 만듭니다. 병 안에는 물과 술, 꿀을 섞은 액체를 절반 정도 담습니다. 그리고 식초도 눈곱만큼 넣습니다. 술과 꿀만 넣으면 그 냄새에 이끌려 꿀벌도 페트병에 들어갈 수 있지만, 꿀벌이 싫어하는 식초를 첨가해 그럴 일을 미리 막는 거지요. 그러면 페트병 속 냄새에 이끌려 덫에 걸려드는 것은 말벌뿐입니다. 마지막으로 주둥이 부분을 끈으로 묶어 나무에 매달아 놓기만 하면 됩니다.

양봉부원들은 곧바로 말벌 덫 만들기에 도전했습니다. 몇 개쯤 만들어 나무에 매달아 놨더니, 잡히고, 또 잡히고, 정말 무서울 정도로 잘 잡혔습니다. 페트병 안은 달콤한 액체에 빠져 죽은 말벌로 가득했습니다.

"성공이다!"

한쪽에서는 말벌을 동정하는 목소리도 들려왔습니다.

"뭔가, 불쌍하다."

"말벌도 살아 있는 목숨붙이인데 말이야."

말벌도 제 새끼를 기르기 위해 필사적인 것뿐이었으니까요. 이런저런 얘기 끝에 부원들은 꿀벌 집에 접근한 말벌을 잠자리 채로 포획하기로 했습니다. 그리고 멀찍이 떨어진 곳에 놓아주기로 했지요. 그날부터 부원들은 꿀벌을 보살피러 갈 때마다 잠자리채를 챙기게 됐습니다.

어느 날은 이런 일도 있었습니다. 기타하라 선생님과 고우미가 벌통을 살피러 가는 중이었지요.

"앗, 선생님. 말벌이에요!"

말벌은 낮은 날갯짓 소리를 내며 날아와서는 두 사람 바로 근처 나뭇가지에 앉아 벌통을 노리고 있었습니다.

"잡아야겠다!"

둘은 긴장한 채 잠자리채를 그러잡으며 준비 태세를 취했습니다.

"좋아. 지금이다."

신호와 함께 잠자리채를 휘두르는 고우미. 그런데 아뿔싸, 헛스윙을 하고 말았습니다. 말벌은 도망치지도 않고 선생님과 고우미 쪽을 가만히 노려보고 있었지요.

"선생님. 위험한데요, 이건."

"말 안 해 줘도 그 정도는 알아."

둘의 목소리가 떨리는 것도 무리는 아니었습니다. 말벌은 꿀벌하고는 비교가 안 될 정도로 독성이 강해서, 말벌에 쏘인 뒤 쇼크로 사망하는 경우도 있을 정도니까요. 매년 말벌 때문에 죽는 사람이 복어나, 독사, 곰 때문에 죽는 사람보다도 많을 정도라고 합니다.

"도망쳐!"

두 사람은 슬슬 뒷걸음질 쳤고, 거리가 벌어지자 미친 듯이 달리기 시작했습니다. 다행히 말벌은 쫓아오지 않았습니다. 둘은 가슴을 쓸어내렸지요.

며칠 후, 부원들은 벌통을 살피러 갔다가 놀라운 광경을 목격했습니다. 꿀벌 수십 마리가 서로 뒤엉긴 채 죽어 있었거든요. 뒤엉긴 꿀벌들 안에 말벌 사체도 보였습니다.

"체온 공격이다. 이건."

기타하라 선생님의 설명이 이어졌습니다. 체온 공격이란 일본 토종벌이 목숨을 걸고 말벌에 맞서는 수단입니다. 약탈하러 온 말벌이 벌집 반경 50센티미터까지 가까워지면 꿀벌들은 다함께 날갯짓을 하며 위협적인 소리를 냅니다. 그래도 말벌이 가까이 오면 꿀벌은 마지막 전법을 구사합니다. 그것이 바로 체온 공격입니다.

벌집 근처까지 온 말벌에게 꿀벌 한 마리가 달려듭니다. 그것을 신호로 동료 꿀벌이 계속해서 말벌에게 달려들고, 달려든 꿀벌들은 말벌 몸을 동그랗게 감쌉니다. 움직임을 봉쇄당한 말벌은 저항할 수 없게 되지요. 그럼 이제 꿀벌들은 한꺼번에 몸을 떨어 말벌이 갇힌 공간의 온도를 상승시킵니다.

말벌이 죽는 온도는 44도에서 46도. 한편 일본 토종벌은 48도에서 50도입니다. 불과 4도밖에 안 되는 이 온도 차를 이용하는 전법인 것이지요. 꿀벌에 둘러싸인 말벌은 열기를 견디지 못하고 결국엔 죽게 됩니다. 필살기라고 할 수 있는 공격이지만 사실 꿀벌들도 체온 공격으로 커다란 타격을 받습니다. 치사 온도 한계치까지 몸을 떨어야 하기 때문에 체력을 다 써 버려 죽기도 하고 말벌을 제대로 감싸기 전에 공격받아 죽는 경우도 있습니다.

차곡차곡 쌓여 있는 꿀벌과 말벌. 벌집을 공격하려던 말벌과 막으려던 꿀벌. 둘 다 자신의 가족을 지키려고 싸우다 죽어 간 겁니다. 이렇듯 자연계에서 벌어지는 일은 양봉부원들에게 여러 가지를 깨우쳐 주었습니다.

말벌과 이런저런 공방을 거친 끝에, 양봉부에서는 '좋은 사이'라는 말벌 대책 물품을 고안해 냈습니다. 꿀벌 벌통 입구를 알루미늄판으로 덧대는 방법입니다.

말벌은 몸집이 커서 원래 입구 크기라면 벌집에 침입할 수가 없습니다. 출입구의 나무를 갉아 구멍을 크게 만든 다음에야 습격을 시작할 수 있지요. 그래서 벌집 출입문을 보강하면 말벌의 침입을 막을 수 있게 됩니다. 뜯어내야 할 물건이 알루미늄 재질로 되어 있다면, 말 그대로 이빨조차 들어가지 않을 테니까요. 말벌을 죽이거나 포획하지 않고 꿀벌을 지킬 수 있는 방식이지요. 이것이 말벌 대책 물품에 '좋은 사이'라는 이름이 붙게 된 까닭입니다.

자연계는 약육강식의 법칙대로 돌아갑니다. 인간이 자기 마음대로 한쪽 편을 드는 것은 바람직하지 않겠지만, 이런 귀여운 방위 대책이라면 말벌도 얼마쯤 눈감아 주지 않을까요?

꿀벌들의 겨울나기

가을이 깊어지면 토종벌을 치는 사람들은 '겨울 감싸기'라는 작업을 합니다. 겨울 추위에서 꿀벌을 지키고자 벌통에 방한용품을 둘러 주는 작업입니다. 종이 상자, 비닐, 주택용 단열재처럼 감싸는 소재는 다양하지만, 양봉부는 플라스틱 싸개로 벌통을 감싸기로 합니다.

싸개 작업을 할 때, 벌통 출입구를 막지 않도록 구멍을 뚫어서 고정시킵니다. 겨울에는 밀원이 없어서 꿀벌이 일을 하러 밖으로 나오는 일은 없습니다. 하지만 유일하게 꿀벌이 밖으로 나오는 때가 있습니다. 배변을 하기 위해서입니다. 꿀벌은 깨끗한 걸 좋아하는 곤충이라, 아무리 추워도 배변은 집 밖에서 합니다. 그래서 겨울에도 출입구가 필요한 것이지요. 추운 겨울 동안 벌들은 서로 몸을 붙인 채 집 안 온도를 유지합니다. 여왕벌도 겨울 동안은 산란을 쉬고 봄이 찾아오기를 기다립니다. 겨울나기 방한 작업은 꿀벌을 추위로부터 지키기 위해서이기도 하지만, 종족을 이어 갈 수 있게 도와주는 배내옷 입히기이기도 합니다.

꽁꽁 얼어붙은 어느 겨울 아침, 부원들이 벌통 상태를 보러

왔다가 꿀벌 여러 마리가 벌통 밖에 나와 있는 걸 발견했습니다.

'집단 배변이라도 하는 건가?'

흐뭇한 생각을 하며 가까이 다가갔다가 깜짝 놀라고 말았습니다. 어찌 된 일인지 꿀벌이 전부 죽어 있었기 때문입니다.

차가운 사체가 된 꿀벌을 앞에 두고 부원들은 어찌할 바를 몰랐습니다. 도대체 왜 이런 일이 벌어진 것일까요? 그때 벌통을 살펴보던 누군가가 낮게 중얼거렸습니다.

"싸개가 틀어져 있어."

방한용 싸개가 틀어지는 바람에 벌통 출입구가 막혀 버렸던 것이지요. 그래서 밖에 나갔던 벌이 집에 돌아가지 못하고 얼어 죽고 말았던 겁니다.

"이 벌통 씌운 사람 누구야?"

"누구야? 누구냐고!"

어찌할 바 모르는 감정이 범인 찾기로 흘러갔습니다. 기타하라 선생님은 그런 아이들에게 조용히 되물었습니다.

"얘들아, 지금 범인을 찾는 게 무슨 의미가 있을까?"

"하지만……."

"사람한테야 그저 1센티미터짜리 오차지만, 벌들에게는 터무니없이 큰 오차였다. 자기들 힘으로 그걸 바로잡기엔 너무나도 버거웠던 거지. 이렇게 인간의 조그만 실수가 생사를 가르기도 하는 거다."

분위기는 어느새 차분히 가라앉았습니다.

"다들 두 번 다시는 소중한 벌들을 죽이고 싶지 않을 거야. 그러자면 범인 찾기보다 중요한 게 있지 않을까? 그게 무얼지, 각자 잘 생각해 보도록 하자."

부원들은 그 얘기를 마음속에 담았습니다.

깊은 가을을 지나 이윽고 후지미초는 본격적인 겨울을 맞이하게 됩니다. 하지만 이 계절, 양봉부에게 또 다른 고비가 찾아왔습니다.

2월 초순, 새해를 맞이한 뒤로 두 번째 내부 검사를 하기로 한 날이었지요. 사실 부원들은 바로 전 내부 검사 때 걱정스러운 꿀벌 무리를 발견했습니다. 노령이어서 그런지 여왕벌이 비실비실한 벌통이 있었거든요. 설탕물을 먹이로 주고 건강해지기를 기원하며 벌통 뚜껑을 닫을 수밖에 없었지요.

3주 만에 벌통 안을 본 부원들 입에서 가느다란 한숨이 새어 나왔습니다. 보통은 벌 방 하나에 알이 하나씩 들어가 있어야 하는데 그 벌집에는 벌 방 하나에 알 여러 개가 자리 잡고 있었기 때문입니다. '일벌 산란'이었습니다. 일벌이 알을 낳기 시작했다는 신호였지요.

꿀벌 무리는 보통 여왕벌만이 알을 낳습니다. 하지만 여왕벌이 어떤 이유에서건 죽게 되면 일벌의 난소가 발달하면서 알을 낳게 됩니다. 그런데 일벌은 교미를 하지 않아 무정란인 수벌의 알밖에 낳을 수가 없습니다. 다음 세대로 가면 그 무리는 전부 죽게 되겠죠. 치하루는 어떻게든 꿀벌을 구해야겠다는 생각에 야마구치 선생님께 도움을 청했습니다. 선생님은 곧장 달려와 주셨습니다.

이렇게 여왕벌이 제 역할을 못 하게 되면, 다른 무리와 합치는 '합봉' 처치를 하기도 합니다. 잘 되면 두 무리가 하나로 잘 섞이지만, 아니라면 무리 속에서 서로 죽고 죽이는 싸움이 벌어지게 됩니다. 벌집을 주의 깊게 살피던 야마구치 선생님이 씁쓸하게 말했습니다.

"다른 시기라면 손을 쓸 수도 있겠지만, 일벌이 알을 낳기 시작한 지금으로서는 꿀벌을 합칠 수가 없겠어. 너무 위험하거든."

슬프지만 다른 방법을 쓰지 않고 무리의 소멸을 조용히 지켜
보기로 했습니다. 겨울철 엄혹한 환경은 자연계에서 살아가는
일이 얼마나 힘든지, 생명이란 얼마나 덧없는 것인지를 가르쳐
주었습니다. 그래서 또 새로운 생명의 탄생이 얼마나 기쁜 일인
지도 배울 수 있었습니다.

졸업, 새로운 길을 나서다

스와 호수를 뒤덮은 얼음이 녹기 시작하는 3월, 후지미 고등
학교에서 졸업식이 열렸습니다. 교직원 줄에는 오랜만에 넥타
이를 매고 살짝 긴장한 얼굴로 선 기타하라 선생님 모습이, 내
빈 축사에 귀를 기울이고 있는 졸업생 속에는 치하루, 하루미,
도네가와의 모습이 보입니다.

'다음 달부터 대학생이구나.'

치하루는 새로운 생활에 대한 기대로 부풀어 올랐습니다. 진
로가 정해지기까지의 날들이 떠올라 감개무량했지요.

1학년 진로 상담에서 "하고 싶은 일이 뭔지 모르겠다."고 답
했던 치하루지만 양봉부를 꾸리고 활동해 나가면서 서서히 그

것이 무언지 보이기 시작했습니다. 지역의 매력을 접하고 사람들의 따뜻함을 알게 되면서 마을을 살리는 일을 하고 싶다는 생각을 하게 됐지요. 그래서 기타하라 선생님과 의논해 신슈 대학교 농학부를 목표로 삼았습니다. 신슈 대학교 농학부는 지역과 아주 가깝게 얽혀 있는 학부로 지역에 대한 책임감도 깊었습니다. 게다가 학교 안에 연습림이 있어 배움터 환경이 좋다는 것도 매력적이었습니다.

치하루의 결의를 늘 대범하게 받아 주던 엄마도 그때만은 "국립대라니, 어렵지 않을까?" 하며 걱정스런 마음을 내비쳤습니다. 아빠도 놀라기는 마찬가지였지만 "뭐, 기타하라 선생님이 계시니까 할 수 있을 거야." 하며 치하루의 결심을 응원해 주었습니다.

치하루는 선생님의 조언으로 양봉부 활동을 살려 '특별 전형'에 도전하기로 했습니다. 일반 전형 전에 실시되는 추천제 선발이라, 특정한 능력이 뛰어난 학생이나 품성이 좋은 학생을 뽑으려는 경향이 강합니다. 신슈대 농학부의 특별 전형은 두 단계로 나뉘어 치러집니다. 1차가 서류 심사, 2차가 토론과 면접. 모집 인원은 8명. 작년인 2010년, 지원자 수는 82명. 꽤 좁은 문입니다.

서류 심사는 자기소개서와 지망 이유서를 제출해야 합니다. 치하루는 며칠에 걸쳐, 지망 이유서를 썼습니다. 양봉부 활동 경험도 중간중간 언급해 가며, 자라 온 마을과 지역을 위해 일하고 싶은 마음을 담았죠. 그러기 위해 지역의 실정을 배우고 싶다는 바람도 적어 넣었습니다.

그 결과 1차 시험은 합격. 기쁘긴 했지만 지금부터가 힘들다는 걸 지난 입시 자료가 잘 말해 주고 있으니 마냥 기뻐할 수만은 없었습니다. 아무튼 지금 할 수 있는 건 열심히 하는 일밖에 없습니다. 선생님한테 면접관 노릇을 부탁해 모의 면접시험을 치렀고, 토론에 대비해 숲 관련 지식을 쌓는 따위로 입시를 준비하는 날들이 이어졌지요.

그렇게 맞이하게 된 2차 시험 날, 치하루는 이나 시 신슈 대학교 농학부로 갔습니다. 손이 곱는 겨울 아침, 신슈대 쪽으로 걸어가던 치하루는 교문 옆에서 낯익은 그림자를 발견했습니다. 기타하라 선생님이었습니다.

"자, 이거."

기타하라 선생님은 치하루에게 편지 한 통을 내밀었습니다.

'걱정 마. 치하루라면 절대로 합격이니까. 힘내!'

하루미가 보낸 편지였습니다. 하루미는 치하루가 막다른 곳에 부딪쳤을 때, 괴로울 때, 마치 그것을 다 알고 있다는 듯 늘 아무렇지도 않게 편지를 주곤 하던 친구였지요.

"다들 응원하고 있어. 후지미의 꿀벌님들도."

기타하라 선생님은 영양 음료를 내밀며 활짝 웃어 주었습니다. 추위와 긴장으로 굳어진 몸에서 기운이 솟았지요. 치하루는 음료수를 단숨에 마시고는 "다녀오겠습니다!"를 외치며 씩씩하게 수험장으로 들어섰습니다.

그리고 보름쯤 뒤에, 편지 한 통이 도착했습니다.

"다케마에 치하루 님은 2011년도 신슈 대학교 농학부 산림과 학과에 합격하셨습니다."

치하루는 너무 기쁜 나머지 학교로 달려갔습니다. 선생님의 뒷모습을 발견하자마자 와락 껴안아 버리고 말았지요.

얼마 지나지 않아 도네가와도 진로가 결정됐습니다. 요리와 먹는 걸 좋아하는 도네가와는 요리사가 되고 싶었습니다. 그 꿈을 이루기 위해 '마쓰모토 조리·제과 전문학교'에 원서를 넣었고 합격 통보를 받은 것입니다.

결국 하루미만 남았습니다. 하루미는 식생활 전반에 흥미를 느껴 마쓰모토 대학 건강영양학과에 지원했습니다. 그러나 진로가 결정되지 않아 혼자 수험 공부에 몰두하는 나날이 이어졌습니다. 치하루는 마음으로 응원하며 조용히 지켜봤습니다.

'힘내라, 하루미! 힘내라!'

올해 태어난 꿀벌이 꿀을 찾아 날갯짓을 할 무렵, 기다리던 합격 통지서가 하루미에게 도착했습니다.

"잘됐다. 정말 잘됐다!"

합격한 하루미보다 치하루가 더 기뻐하며 울먹였습니다. 남몰래 걱정하던 양봉부 후배들도 가슴을 쓸어내렸고 말이지요.

다 함께 봄을 맞이할 수 있다는 기쁨. 새로운 길을 떠나는 선배들을 웃는 얼굴로 보내 줄 수 있다는 기쁨. 양봉부 작은 동아리실에 한발 먼저 봄이 찾아온 듯했습니다.

그리고 맞이한 오늘. 졸업식이 끝나자 양봉부원들은 영사실에 모여 화면에 사진을 띄워 가며 함께 보낸 시간을 되돌아봤습니다.

'정말 즐거웠어. 매일같이 어쩜 그리 눈부시게 아름다웠는지.'

동아리를 만든 날부터 쌓인 추억이 치하루의 마음속에 하나씩 스쳐 갔습니다. 몇몇 후배들은 감정에 북받쳐 울기 시작했습니다. 하지만 거기 있던 이들 가운데 누구보다 눈물을 많이 흘린 사람은 기타하라 선생님이었습니다.

양봉부 활동이 시작되고 1년 남짓. 선생님은 부원들과 늘 함께했습니다. 하루도 쉬지 않고 동아리실을 찾았습니다.

"양봉부 녀석들, 꿀벌 때문에 토요일, 일요일에도 집에 갈 생각을 안 해요. 제가 참 힘듭니다. 하하하."

짐짓 자랑하듯, 꿀벌을 보살피는 아이들에 대해 그렇게 말하던 선생님. 양봉부 활동은 아이들뿐 아니라 기타하라 선생님에게도 특별한 것이었습니다.

"아휴, 선생님. 당장 내일도 동아리 활동으로 만날 텐데 뭘 그렇게 우세요."

"맞아요. 오늘로 영원히 안녕도 아니고요."

치하루와 하루미가 울다가 웃으며 선생님을 놀려 댔습니다.

"응. 그렇지. 그렇지만 아무래도, 졸업이니까."

사실은 울보였던 선생님이, 지금껏 참아 온 눈물이었습니다.

세 명의 꿀벌은 양봉부라는 집을 떠나 자신의 길을 걷기 시작했습니다. 말로 다할 수 없는 몇몇 '고마움'을 가슴에 품고서 말이지요.

양봉부 핫치비에잇 2년째

좌충우돌 새 학기

벌이 연꽃과 유채꽃을 오가며 바쁘게 꿀을 모으는 4월, 후지미 고등학교도 새 학기를 맞이했습니다. 새로 부장이 된 고우미를 중심으로 양봉부도 2년 차 활동을 시작했습니다.

신생 양봉부에 주어진 첫 과제는 신입 부원 확보입니다. 졸업해 나간 쟁쟁한 선배들의 빈자리를 메울 수 있는 활동적인 후배들을 모아야만 하는 것이지요.

제일 먼저 양봉부는 후지미 고등학교 원예과 신입생이 모인 자리에서 양봉부 활동을 소개했습니다. 지금까지 벌여 온 활동을 영상 자료로 보여 주며 꿀벌의 귀여움과 부 활동의 즐거움을 알렸지요. 그 뒤부터는 흥미를 보일 것 같은 신입생에게 따로 말을 걸며 양봉부 가입을 권했습니다. 수업이 끝난 뒤, 학생들이 남아 있는 1학년 교실을 찾기도 했고, 점심시간에는 밖에서 도시락을 먹고 있는 신입생들에게 같이 밥을 먹자며 말을 걸기도 했습니다.

도시락 작전이 괜찮았습니다. 일단 도시락을 펼쳐 놓았으니 양봉부원이 다가간 1학년이 자리를 피할 수가 없었습니다. 좋건 싫건 일단은 이야기를 듣게 되고, 그게 효과가 좋았던 것입니다. 1학년 하나가 금세 양봉부 가입을 결정했습니다. 나중에 부회장이 되는 시오리였지요. 시오리는 지노 시에 있는 나가미네 중학교 출신으로, 예전에 학교를 방문해 핫치비에잇의 활동을 발표하는 선배들을 본 적이 있었습니다. 그때 당당한 모습으로 무대에 섰던 치하루 선배를 보고 동경하게 됐지요. 그래서 후지미 고등학교에 입학한다면 꼭 양봉부에 들어가야겠다는 결심을 했다고 합니다. 시오리와 함께 도시락을 먹고 있던 리사와 유카도 양봉부에 들어가기로 마음먹었습니다.

리사는 먹는 것을 좋아하는 여학생이었습니다. '꿀벌' 하면 '벌꿀'이고, '벌꿀' 하면 '맛있다', 그러니 '좋아! 양봉부다!' 하며 동아리 가입을 결정한 친구지요. 유카는 도전적인 것보다는 안정적인 것을 착실히 해 나가고자 하는 여학생이었습니다. 굳이 말하자면 바깥 활동보다는 실내 활동을 더 좋아하는 성격이었지만, 친구들도 양봉부에 들어가겠다고 하고, 살아 있는 생물을 좋아하기도 해 반쯤은 호기심으로 가입한 것이었지요.

이렇게 양봉부는 한꺼번에 신입 부원 셋을 확보했습니다. 그 뒤로 루리라는 여학생과 또 한 명의 여학생이 들어와 올해의 신입 부원은 다섯 명이 되었습니다. 총 열 명이 된 핫치비에잇. 동아리실 벽에는 활동 목표를 적은 종이가 붙었습니다.

소년 소녀여!
꿀벌에 대한 끝없는 탐구심과 꿈을 가져라!

· 마음을 담아 인사하자.
· 감사하는 마음, 순수한 마음, 배려하는 마음을 갖자.
· 자연을 오롯이 느껴 보자.
· 괴로움은 성장의 기회.
· 나를 바라보고, 나를 사랑하자.
· 우리의 목표, 꿀벌 가족 불리기.
· 꿀벌님과 동아리 활동을 사랑하자.
· 즐겁게, 선하게, 진지하게!

새로운 부원도 들어왔으니 부장을 맡은 고우미의 꿈도 커져 갔습니다. 올해야말로 부원들이 만든 벌통으로 새로운 꿀벌 무리를 받아 보고 싶었습니다. 그러자면 금릉변 기르기도 성공해야 합니다. 지금보다 뜰도 더 넓히고 지역 사람들과도 더 깊이 교류하고 싶었습니다. 이제부터 시작될 양봉 생활에 고우미는 가슴이 부풀어 올랐습니다.

4월도 중반을 지난 어느 날. 오늘은 모두 모여 겨울을 나며 어수선해진 뜰을 정리하는 날입니다. 고우미가 사물함에서 부랴부랴 작업복을 꺼내는데 등 뒤에서 웬 소리가 들려왔습니다.

"이런 걸 왜 해야 돼? 하기 싫다아아아."

깜짝 놀라 뒤를 돌아 보니 1학년 부원 중 하나가 불만이라는 듯 입을 삐죽 내밀고 있었습니다.

"꿀벌을 키울 수 있다고 해서 동아리에 들어온 건데, 왜 힘들게 돌 같은 걸 치워야 하는 거냐구요?"

"어? 아니, 그러니까 요전에 얘기했잖아. 꿀벌한테 좋은 환경이라는 건 언제든 꿀이 있는 상태고, 그래서 밀원 식물을 키워야 한다고."

'동아리 모임에서 잘 안 듣고 뭐 했냐?'고 고우미는 속으로 혀를 끌끌 찼습니다.

"왜요? 꽃 같은 거 심지 않아도, 요 주변에 잔뜩 있는 거, 그
거 다 꽃 아니에요?"

"아니, 아니, 그게 아니라, 꽃에도 꿀을 딸 수 있는 꽃이랑 그
렇지 않은 꽃이 있는데……."

예상치 못한 저항에 부딪쳐 신입 부장의 설명은 횡설수설. 결
국 1학년 부원 몇 명은 적당한 핑계를 대며 집으로 돌아가 버리
고 말았습니다.

"……안 되겠어. 나, 저 아이들 끌고 갈 자신이 없어."

작업이 끝나고 동아리실에 돌아온 고우미는 깊게 한숨을 내
쉬었습니다.

지금까지 양봉부는 좌우지간 호흡은 정말 잘 맞았습니다.
누군가 "저거 하자."고 말을 꺼내면 "하자, 하자." 뭐 이런 식으
로 동아리 활동이 결정되고는 했지요. 그런데 신입생이 들어
오면서부터 동아리 활동을 두고 온도 차가 생겨나고 말았으니
까요.

"쟤들은 대체 뭐야? 꿀벌에 대한 흥미 같은 것도 없잖아. 그
런데 왜 양봉부에 들어온 거냐구."

끊임없이 푸념을 해 대는 고우미를 보고 모모네는 자기도 모르게 웃음이 터졌습니다.

"말은 참 잘한다 너. 너도 처음에는 '치하루 선배랑은 못 하겠다. 그만두겠다.' 별소리 다 했었잖아?"

"그건……."

"좀 두고 봐 주는 건 어때? 모처럼 들어온 후배들인데. 1학년들도 그 사이에 바뀔지도 모르잖아? 네가 그런 것처럼."

"그렇게만 된다면 뭐……"

고우미는 벽에 붙여 둔 '우리의 목표. 꿀벌 가족 불리기.'란 글귀를 야속한 눈으로 바라볼 수밖에 없었습니다.

그 뒤로도 1학년 부원들은 이런저런 핑계로 동아리를 빠지거나 동아리 활동에 불만을 드러내고는 했습니다. 하지만 그럴 만도 했지요. 꿀벌을 좋아한다는 것이 공통분모라고 해도 〈꿀벌 씨 극장〉을 공연하거나 그림책을 읽어 주는 활동처럼, 사람 앞에 서는 일이 불편한 사람도 있으니까요. 하물며 지역 어른들과 만나는 일도 있다니. 모르는 사람과 이야기를 나눈다는 건 누구든 쉽지 않은 일입니다. 아무리 그런 일이 필요하다는 말을 들어 봤자 마음이 움직이지 않는 것이지요. 도망치고 싶은 기분이 드는 것도 공연한 일은 아닐 겁니다.

후배들이 동아리 활동을 게을리하는 것 말고도 고우미를 괴롭히는 문제가 또 하나 있었습니다. 동아리 분위기가 전보다 서먹하다는 것이었지요. 작년에는 치하루 선배가 직접 부원들을 모았어서 어찌 됐건 다들 얼굴 정도는 아는 사이였습니다. 그런데 올해는 만난 지 얼마 되지 않은 신입생들이라 아직까지 서로 조심스럽기만 했습니다. 거기다가 여자만 다섯 명. 끼리끼리 뭉쳐 다닌다거나 자기들끼리만 소곤대곤 했지요. 이런 미묘한 관계에 고우미가 끼어들 틈은 없어 보였습니다.

고우미는 기타하라 선생님을 찾아 고민을 털어놓았습니다. 그러자 선생님은 "뭐, 어떻게든 될 거야."라며 여유롭게 웃어 보였습니다. 사실 선생님은 그런 문제를 풀 수 있는 조그만 비책을 갖고 있었습니다.

그 비책은 의외로 간단했습니다. 학생들을 만날 때마다 반드시 이름을 불러 주는 겁니다. "어이."라든가 "저기 잠깐만." 이 아니라, 남학생은 성으로, 여학생은 이름으로 불러 주는 것이지요. 기타하라 선생님이 교사가 되고서부터 지금까지 계속해 오던 방식인데, 거리감을 줄이는 데 커다란 효과를 발휘합니다. 선생님이 이름으로 부르면 부원들도 자연스레 그것을 따라가게 되지요. 결과적으로 서로 조심스러워하던 1학년 부원들도 서로 이름을 부르는 사이가 됐고, 시간이 지날수록 더 친밀한 이야기를 나눌 수 있게 되었습니다.

또 선생님은 부원들 학년을 고루 섞은 뒤 세 모둠으로 나눠, 각각에게 꿀벌 무리를 하나씩 맡겼습니다. 후배들의 활동은 선배들이 살피도록 했습니다. 1학년들의 실수는 이제 선배들의 책임이 되었죠. 자신들 때문에 혼나는 선배들을 보면 아무리 신입 부원이라 해도 뒤가 켕기기 마련. 동아리 활동을 빼먹기 일쑤이던 아이들도 점점 성실히 활동에 참가하게 됐지요. 하지만 신입 부원들이 진정한 의미에서 활동의 중요성을 이해하게 된 것은 역시나 꿀벌 때문이었습니다.

어느 날, 벌통으로 다가가던 1학년 부원 리사가 눈이 동그래졌습니다. 벌통 앞 잔디밭 곳곳에 흰 물체가 떨어져 있었거든요. 가까이 가서 살펴보니 놀랍게도 수많은 꿀벌 애벌레였습니다. 리사는 서둘러 선생님과 부원들을 불러왔습니다.

"애벌레 버리기가 시작됐어."

선생님이 무거운 얼굴로 말했습니다.

꿀벌의 애벌레 버리기. 이 이상한 현상이 보고되기 시작한 것은 2000년대 초반부터였습니다. 처음에는 왜 이런 현상이 생기는지 알 수 없었지만 지금은 그 까닭을 얼추 가늠하고 있지요.

원인은 크게 두 가지입니다. 그 하나는 벌집을 먹이로 삼는 나방 애벌레가 엄청나게 생겨나 벌집을 갉아 먹는 것입니다. 꿀벌은 계획적인 생물이라 벌집 넓이에 맞춰 여왕벌이 알을 낳습니다. 그런데 어떤 이유로 집이 좁아지게 되면 무리를 보호하기 위해 애벌레를 물어다 버리게 됩니다.

또 하나, 까닭으로 거론되는 것은 '낭충봉아부패병(충주머니병)'입니다. 바이러스로 감염되는 병이라 만약 애벌레를 버리는 원인이 정말 낭충봉아부패병 때문이라면 벌집 전부를 태워 버리는 수밖에 없습니다.

부원들은 큰 충격을 받았습니다.

'꿀벌님을 태워 죽인다고? 우리 손으로?'

"어쩔 수가 없어. 다른 무리가 감염되는 것을 막아야만 하니까. 그러지 않으면 우리가 키우는 벌이 몽땅 죽어 버릴 수도 있어."

선생님도 마음이 편치는 않았지만, 아무튼 지금으로서는 바이러스에 감염되지 않았기를 기도하며 상태를 지켜보는 수밖에 없었습니다. 다행히 그 뒤로는 애벌레를 버리는 현상이 나타나지 않는 걸로 봐서 바이러스 감염은 아니었던 모양입니다. 학생들은 가슴을 쓸어내렸습니다.

1주일 뒤, 부원들이 모두 모여 애벌레를 버린 벌통을 열었습니다. 벌집 안을 꼼꼼하게 살펴봤지만 나방 애벌레는 발견하지 못했습니다. 대체 무엇이 원인이었던 걸까요?

"확실히는 모르겠지만 스트레스 때문인지도 모르겠다."

기타하라 선생님이 말했습니다. 후지미 같은 서늘한 지역에서는 농약이나 더위로 벌이 스트레스를 받는 일도 더러 있습니다. 이유가 뭐든 애벌레 버리기가 계속되면 일벌이 줄어들어 무리가 약해집니다. 일벌이 모아 오는 꿀의 양이 줄어 여왕벌이 굶주리게 되면 알 낳기를 멈춥니다. 그러면 남은 것은 무리의 죽음뿐이지요.

"그러니까 꿀벌한테 다음 세대를 키운다는 것은 정말 중요한 일이다. 그러자면 농약에 오염되지 않은 자연, 밀원 식물이 풍부한 환경도 꿀벌에겐 정말 중요한 거고."

부원들의 표정이 점점 진지해졌습니다.

다음 날 수업이 끝난 후, 양봉부원들이 전부 모였습니다. 뜰을 가꾸기 위해서였지요. 농사일을 꺼리던 1학년 신입 부원도 있었습니다. 꿀벌을 지키고 키우려면 밀원이 넉넉한 환경을 만드는 일을 빠트릴 수 없습니다. 그리고 그것은 지역 사람들의 이해와 도움 없이는 불가능한 일이지요. 그저 입으로만 '귀엽다'며 꿀벌을 보살피는 것은 양봉이 아닙니다. 환경 만들기, 지역 가꾸기, 이 모든 활동이 꿀벌과 연결되어 있다는 것을 신입 부원들도 이번 일로 몸소 배우게 된 것이었지요.

후지미 꿀벌 백화 프로젝트

치하루는 대학생이 되어 새로운 생활을 시작하게 되었죠. 앞으로도 꿀벌과 자연에 관련된 활동을 해 나가고 싶었습니다. 그래서 하루미, 도네가와와 뜻을 모아 '허니비 컬리지Honeybee College'라는 모임을 만들었습니다. 구성원이 세 명뿐인 작은 모임이지만 다른 단체들과 함께한다면 힘 있게 활동할 수 있겠다고 판단했습니다.

그런 뜻에서 허니비 컬리지는 핫치비에잇, 꿀벌 백화, 우리 마을 알리기 모임과 함께 '후지미 꿀벌 백화 프로젝트'를 시작했습니다. '꿀벌 처지에 선 마을 만들기'를 내걸고, 지역에 밀원 식물을 늘리고, 꿀벌의 매력을 알려 나가자는 기획입니다.

5월의 한 휴일, 오늘은 이 기획에 참여하는 이들이 모여 뜰을 만드는 날입니다. 지난 해, 양봉부는 '만남의 장' 벌통 앞으로 작은 꽃밭을 만들었습니다. 거기에 꿀벌이 많이 날아들었던 터라 올해는 좀 더 큰 뜰을 만들고 싶었지요. 마침 가까운 농가 주인이 놀리는 땅을 빌려주기로 했습니다. 부원들은 토론을 벌여 허브 뜰을 만들기로 했습니다.

뜰에 무엇을 어떻게 심을지는 지역의 저명한 가든 디자이너 이타무라 히로유키 씨 도움을 받았습니다. 이타무라 씨는 사치 파커가 주연한 영화 〈서쪽 마녀가 죽었다〉 가든 디자인으로 유명해진 분으로, 이전부터 우리 마을 알리기 모임과 교류해 왔다고 합니다. 그래서 치요코 씨를 통해 '꿀벌을 위한 허브 뜰 밑 그림'을 부탁한 것이지요. 이타무라 씨는 그 제안을 흔쾌히 받아 주었습니다.

그리하여 오늘은 이타무라 씨가 보내 온 밑그림을 바탕으로 꽃밭을 만들기로 했습니다. 뜰을 가로지르는 길도 내기로 했지요. 5월이라고는 하지만 고원의 햇살은 따갑습니다. 금세 부원들 이마에 땀이 맺히기 시작했지요. 한참 일을 하는데 근처 이웃분이 아이스크림을 잔뜩 가져왔습니다.

"다들 덥지? 이거 먹고 해."

감사하다는 말을 건네기 무섭게 부원들은 한입 가득 시원하게 아이스크림을 베어 물었습니다. 1학년 부원들이 도와주러 온 동네분들이나 프로젝트를 위해 모인 다른 모임 회원들과도 즐겁게 수다를 떠는 것을 보며 기타하라 선생님은 내심 놀랐습니다.

'이 녀석들, 꽤나 변했구나!'

처음 양봉부에 들어왔을 때와는 비교할 수도 없을 정도로, 1학년들의 얼굴에 생동감이 가득했으니까요.

뜰 만들기가 얼추 끝나자 허브 모종을 심는 작업을 시작했습니다. 라벤더, 칼라민타, 카모마일, 로즈메리. 아직 작은 모종인데도 주변에 상쾌한 냄새가 가득 찼습니다. 이 모종들이 자라 꽃을 피우게 될 여름이면, 꿀벌들이 꿀을 찾아 날아들게 되겠지요. 벌들이 이곳에서 맛있는 꿀을 잔뜩 따길 기원하며, 양봉부원들은 뜰에 '꿀벌들의 밥집'이라는 이름을 붙였습니다.

"아, 지금, 꿀벌이 날았어."

누군가 기쁘게 중얼거립니다. 최근에는 신입 부원들도 날갯
짓 소리만 듣고도 근처에 무슨 벌레가 날고 있는지 알 수 있게
되었습니다. 다정한 지역 사람들이 지켜봐 주는 가운데, 양봉
부의 '신입 꿀벌'들도 분명 든든히 자라나겠지요.

검정말벌의 여행

수업이 끝난 교실, 1학년 부원들은 손에 쥔 종이를 유심히 바
라보고 있었습니다. 마치 시험 답안지를 보는 듯 진지한 표정이
었어요. 그도 그럴 것이, 손에 쥔 종이는 '벌 알레르기 검사' 결
과지였기 때문입니다.

양봉부에서는 안전을 위해 동아리에 들어올 때 반드시 알레
르기 검사를 합니다. 피 속에 벌의 독성에 대한 항체가 얼마나
있는지 조사하는 검사인데, 결과는 음성과 양성 두 가지로 나
타납니다. 양성이라면, 알레르기 증상이 심한 정도를 여섯 단
계로 표시하고 있지요.

"넌 어때?"

"음성. 휴, 살았다."

"나는 양성. 6단계 중 1단계야. 이 정도면 괜찮은 거지?"

아무래도 1학년들은 전부 검사 통과인 모양입니다. 그런데 그 가운데 복잡한 얼굴로 결과지를 바라보는 사람이 있었습니다. 기타하라 선생님이었지요. 옆에서 슬쩍 훔쳐보던 고우미가 깜짝 놀라 목소리가 커졌습니다.

"우왓! 엄청 높아!"

결과는 양성, 수치는 놀랍게도 6단계 중 5단계였지요. 마치 스스로를 위로하듯, 선생님은 혼잣말처럼 웃으며 이렇게 중얼 댔습니다.

"음…… 지금까지 꽤 쏘여 봤으니까 뭐. 응급처치 약도 있고 하니 괜찮을 거야."

그러자 벌에 쏘인 경험담이 슬슬 쏟아져 나오기 시작했지요.

"나는 죽었다고 생각했던 벌님한테 쏘인 적이 있었는데 말이지……."

2학년 사유키가 입을 열었습니다. 사유키는 지난 해 가을, 벌통을 관찰하다가 근처 땅바닥에서 꿀벌 사체를 발견했습니다. 샬레에 넣어 두려고 집어 든 순간, 죽었다고 생각했던 벌이 갑자기 움직이며 손가락 끝을 쏜 것이었지요.

"손끝이라 그리 붓지는 않았어. 그런데 얼마 동안은 젓가락

질을 못 했지."

"나는 손목이었어."

모모네가 말을 이어 갔습니다. 온실에서 기르던 금릉변 화분을 옮기려고 들어 올리는데 이파리 밑에 숨어 있던 꿀벌에게 손목을 쏘인 것이죠. 그러자 "나도, 나도!" 여기저기서 무용담이 튀어나옵니다. 그 중에는 농사일을 하는데 귓속에 벌이 들어가 너무 놀랐다거나 말벌을 보고 도망치다가 굴러서 뼈가 부러졌다는, 웃어넘기지 못할 이야기들도 있었습니다.

"선배들, 다들 엄청난 일을 겪었군요."

이야기를 듣던 1학년 부원들 얼굴이 점차 굳어 갔습니다.

얼마 지나지 않아, 양봉부원들은 지역에 사는 말벌 연구가 가네이 미노루 씨 집을 방문하게 되었습니다. 말벌은 꿀벌을 공격해 잡아먹는 얄미운 천적입니다. 사람도 쏘였다가는 죽을 수도 있는 무서운 곤충이지요. 이런 말벌을 연구하고 있는 가네이 씨는 어떤 인물일지, 다들 궁금했습니다.

후지미 고등학교에서 자동차로 30분, 가네이 씨 집은 시나노카이 역 근처 다카모리 지구에 있었습니다.

"다들 말벌은 사람에게 해를 끼치는 나쁜 곤충이라고 생각하고 있죠? 하지만 말벌이 없으면 농작물이 죽어 버리고 맙니다."

가네이 씨의 강의는 이렇게 시작됐습니다. 우선은 말벌의 생태에서 출발했지요. 벌은 크게 두 갈래로 나뉩니다. 꽃의 꿀과 화분을 양식으로 삼는 꽃벌과 육식을 하는 말벌이 바로 그 두 계통이지요. 말벌은 꿀벌을 먹이로 삼고 공격하지만 그 외에도 배추흰나비 애벌레나 메뚜기, 거미, 파리, 등에처럼, 밭의 해충도 잡아먹습니다. 그래서 말벌이 없으면 해충이 늘어 작물이 자랄 수가 없다는 이야기였지요.

지금까지 꿀벌의 적으로만 봤던 말벌이 사람에게 도움을 주고 있다니, 뜻밖의 얘기가 흥미를 불러일으켰습니다.

가네이 씨가 연구 중인 검정말벌은 땅속에 집을 짓기 때문에 통칭 '땅벌'이라고 불립니다. 이 지역에서는 '헤호'라는 이름으로 불리는데, 검정말벌 애벌레는 영양가가 높아 오래전부터 나가노, 야마나시, 기후, 아이치 같은 산간 지역에서는 귀중한 단백질원으로 삼아 왔습니다.

"이게 검정말벌 집입니다."

가네이 씨가 벌집 하나를 꺼내 보입니다. 지름이 7센티미터 정도 되는, 접시처럼 넓적한 모양입니다. 이런 벌집이 땅속에서 몇 층이나 쌓여 입체적인 벌집을 이루고 있다고 했습니다.

"대단하다. 뭔가 미래 건축 같지 않아?"

부원들이 놀라 말벌 집을 들여다봅니다.

가네이 씨 말로는, 꿀벌은 여왕벌 수명이 3년에서 4년쯤 되는데, 말벌 여왕벌은 수명이 1년 정도로 꿀벌보다 짧다고 합니다. 가을에 여왕벌이 어른벌레가 되면 곧바로 수벌과 교미를 하게 되고, 체내에 정자를 품고 겨울잠에 들어갑니다. 그리고 봄이 되면 겨울잠에서 깨어 하늘로 날아오릅니다. 여왕벌은 마음에 드는 장소를 발견하게 되면 거기에 집을 만들고, 알을 낳고, 무리를 이루어 갑니다. 말벌의 여왕벌이라고 하면 견고한 벌집 구석에서 엄청난 몸종들을 거느리고 살 것 같은 느낌이지만 처음엔 단 한 마리가 시작합니다. 홀로 배짱 두둑한 어미처럼 헤쳐 나가는 것이지요.

"그러면 지금부터 우리 모두, 여왕벌의 여행을 배웅합시다."

가네이 씨는 사뭇 엄숙한 얼굴로 냉장고에서 선물용 과자 상자처럼 생긴 나무 상자를 꺼냈습니다. 뚜껑을 열어 보니, 바닥에 깔린 뽕잎 위에 십수 마리의 말벌 어른벌레가 누워 있었지요. 그 광경에 양봉부원들은 놀랄 수밖에 없었습니다.

"괜찮습니다. 겨울잠을 자는 중이라 쏘지 않아요."

가네이 씨는 나무 상자를 베란다 탁자 위에 올려 둡니다. 얼마 지나지 않아, 잠들어 있던 벌들이 꿈틀꿈틀 움직이기 시작했습니다. 그러고는 부르르 몸을 떠는가 싶더니 한 마리, 또 한마리 하늘로 날아오르기 시작했지요.

"말벌에게도 여러 천적이 있어요. 이렇게 여행을 떠나서 마음에 드는 장소를 찾아 무사히 집을 만들어 살아남는 것은 극소수의 말벌뿐이죠."

부원들은 말벌들에게 "힘내라!"는 응원을 보낼 수밖에 없었습니다. 꿀벌에게는 천적인 말벌이지만 말벌 또한 자신의 종을 잇기 위해 열심히 살고 있을 뿐이었습니다. 그런 소중한 것을 배운 하루였지요.

분봉하는 벌들 속에서

벌을 치는 이들에게 가장 가슴 설레는 시절, '분봉' 철이 돌아왔습니다. 분봉은 꿀벌들의 무리 나누기를 이르는 말입니다.

봄부터 여름 동안, 여왕벌은 새로운 여왕 후보가 될 알을 낳을 낳습니다. 그리고 때가 되면 일벌 절반을 데리고 집을 떠납니다. 옛 여왕벌 무리는 집을 떠나 새로운 거처를 정하기 전까지 가까운 나뭇가지 같은 곳에 멈춰 잠시 쉽니다. 이때 쉬고 있는 무리를 잡아 새로운 벌통에 넣으면 한 무리가 두 무리로 늘어나게 되는 것이지요. 또한 다른 곳에서 분봉해 나온 꿀벌 무리가 미리 마련해 둔 빈 벌통에 자연스레 들어가는 일도 있습니다. 즉 양봉가에게 분봉 철은 꿀벌 무리를 늘릴 수 있는 좋은 기회인 것이지요.

양봉가들 말을 빌리면, 손수 만든 벌통에 자연스레 꿀벌 무리가 찾아와 줬을 때의 기쁨은 더 없는 행복이라고들 합니다. 말하자면, 오래도록 짝사랑하던 이가 마음을 받아 줬을 때의 감동 같은 거라고요. 하지만 부원들로서는 이야기만 많이 들었지 실제로 그게 어떤 느낌인지 경험해 본 적은 없었습니다. 작년에 빈 벌통을 스무 개나 놓았지만 꿀벌이 들지는 않았기 때문입니다. 그런 아픔을 극복하고 "올해야말로!" 단단히 벼르고 있는 부원들이었지요.

그날 아침, 치하루는 '어떤 예감' 속에서 잠을 깼습니다. 커튼을 열어 보니 구름 한 점 없이 쾌청한 날씨. 어쩐지 한낮 기온도 제법 올라 줄 것 같았습니다.

'진짜 오늘이야! 오늘 분봉한다!'

두근대는 가슴을 안고 집을 나섰습니다. 전철에서 내려 걷기 시작하는데 등 뒤에서 누군가 치하루의 이름을 부르는 소리가 들렸습니다. 돌아 보니 고우미와 모모네였지요. 아무래도 이 둘도 분봉이 신경 쓰여 잠을 설친 모양이었습니다. 셋은 학교로 걸음을 재우쳤지요.

'만남의 장'에 도착해 보니 기타하라 선생님과 우에노가 벌통 근처의 나무를 올려다보고 있었습니다. 치하루가 무슨 말을 하려고 하자 선생님은 검지를 입에 가져다 댔습니다.

"분봉이 시작됐다."

흥분을 누르듯 나지막이 말을 전한 선생님은 다시금 나무 위쪽으로 눈길을 돌렸습니다. 그 시선을 따라가던 치하루 일행은 눈앞에 펼쳐진 광경에 꿀꺽 침을 삼킬 수밖에 없었습니다. 밖으로 뻗은 큰 가지 아래로 지름 40센티미터쯤 되는 갈색 주머니 같은 것이 매달려 있었거든요. 웅웅대는 소리와 함께 그 표면이 꿈틀꿈틀 물결치고 있었지요. 치하루는 그걸 바라보다가 소리를 지를 뻔했습니다. 갈색 주머니처럼 보이던 것이 꿀벌 수백 수천 마리였기 때문입니다. 집을 나선 여왕벌, 그리고 그를 따르는 일벌들이 만든 갈색 덩어리. 말로만 듣던 '봉구蜂球'였습니다.

"저게 봉구라는 거구나. 저 자체가 하나의 생명을 가진 생물체 같아."

치하루와 고우미, 모모네는 눈을 뗄 수가 없었습니다.

이윽고 봉구 표면이 소란스러워지기 시작했습니다. 봉구 속에서 한 마리, 또 한 마리 공중으로 날아오르는가 싶더니 사방팔방 흩어졌죠. 새로운 거처를 찾으러 떠나는 정찰벌들입니다. 새로운 집이 결정되기까지 여왕벌과 여왕벌을 지키는 무리의 본체는 여기서 그대로 기다립니다. 무리의 수를 늘리고 싶은 양봉가는 대부분 이때 무리를 사로잡습니다. 아니면 꿀벌 무리가 스스로 빈 벌통에 들어가 주기를 기다리기도 합니다. 이때만은 벌이 어떻게 할지 예측하기가 쉽지 않습니다. 준비해 놓은 벌통에 들어가지 않고, 야생으로 가 버리는 무리도 많거든요.

양봉부는 벌 무리를 포획하기로 했습니다. 꿀벌이 빈 벌통에 들어가는 감동적인 순간을 보고 싶은 마음이야 굴뚝같았지만, 이번에는 무리를 늘린다는 목적에 충실하기로 한 것입니다.

기타하라 선생님이 사다리에 올라서더니 천천히 봉구 쪽으로 다가갔습니다. 우에노가 그 밑으로 종이 상자를 갖다 댔고, 선생님은 봉구를 손으로 쓸어 상자 속으로 떨어트렸습니다. 만일 평상시에 이 정도로 많은 벌들이 공격해 왔다면 잠시도 버티지 못했을 겁니다. 그러나 분봉을 하는 동안 꿀벌은 어지간한 일이 없다면 쏘지 않습니다. 벌집을 떠날 때 '재산 나누기' 차원에서 뱃속에 꿀을 한가득 넣어 나오기 때문이지요. 놀랄 정도로 차분합니다. 상자 속에 안착한 무리는 도망치려는 기색도 없이 조금씩 꿈틀대기만 했습니다. 상자를 든 우에노는 천천히 움직여 미리 놓아둔 벌통 안으로 벌들을 조심스레 부어 줍니다. 이제 남은 일은 꿀벌이 도망치지 않고 새 벌통 속에 벌집을 지어 주기를 기다리는 일뿐입니다. 돌발 상황 없이, 꿀벌 포획은 예상보다 순조롭게 끝났습니다.

"우리한테 새로운 가족이 생겼어."

양봉부원들은 서로 만족스런 웃음을 나누며 다들 고개를 끄덕였습니다.

그 이후, 무리마다 분봉이 일어났고, 수업 중에도 양봉부원들은 창밖이 신경 쓰여 안절부절못했습니다. 붕 뜬 마음으로 창밖만 바라보다가 수업에 집중하라며 기타하라 선생님한테 혼이 나기 일쑤였습니다. 하지만 그렇게 말하는 기타하라 선생님조차도 마음이 그쪽으로 쏠려 있는지라 설득력이 떨어질 수밖에 없었지요.

첫 분봉이 일어나고 며칠이 지난 뒤, 치하루는 두 번째 분봉 현장에도 함께할 수 있었습니다. 그날 아침에도 '분봉 예감'에 학교로 갔다가, 놀랍게도 봉구 두 개가 나뭇가지에 매달려 있는 모습을 목격했습니다. 두 무리가 동시에 분봉을 한 모양입니다. 지난 번에는 포획했으니 이번에는 새 벌통에 벌이 들기를 기다려 보기로 했습니다.

올해는 꿀벌이 벌통에 들어와 줄 것이라는 자신감도 얼마쯤 들었습니다. 금릉변이 있었기 때문이지요. 작년부터 금릉변 기르기에 도전했지만 올해는 실패하고 말았습니다. 그런데 야마구치 씨가 그 이야기를 듣고 금릉변을 몇 주 나눠 주어서 그걸 빈 벌통 옆에 갖다 뒀던 것이었지요. 난초 꽃이 내뿜는 강렬한 페로몬에 이끌려 꿀벌이 찾아들기를 기대하면서요.

기다리기로 했으니 부원들이 모두 나와 잠복을 하기로 했습니다. 감동적인 입주 순간을 꼭 보고 싶었기 때문이지요. 빈 벌통을 지켜보는 팀, 봉구를 지켜보는 팀, 기록 팀으로 나눠 휴대전화로 연락을 주고받기로 했습니다.

"여보세요. 여기는 빈 벌통 A팀입니다. 조금 전까지만 해도 정찰벌이 잔뜩 있었는데 지금은 급격하게 줄어들었습니다. 그쪽 상태는 어떻습니까?"

"여기는 봉구 팀입니다. 꿀벌의 움직임이 활발해지고 있습니다."

이런 식으로 마치 형사 드라마에서 볼 법한 잠복 모습이 연출되고 있었지요. 기록 팀의 치하루도 디지털카메라를 손에 들고 봉구를 지켜보고 있습니다.

이렇게 기다리기를 한 시간가량. 봉구 두 개 가운데 큰 쪽의 움직임이 활발해지기 시작했습니다. 곧이어 열 마리쯤 되는 벌이 봉구에서 벗어나는가 싶더니 3미터 남짓한 상공에서 움직이지 않고 기다렸습니다. 잇달아 벌 열 마리가 이탈해 공중에서 뭉치더니, 또다시 열 마리…… 처음에는 작은 돌멩이 같던 검은 덩어리가 점점 더 커졌지요. 그러다 어느 순간 한쪽으로 흐름을 만들어 가기 시작했습니다. 마치 여왕벌을 맞이하기 위해 붉은 융단을 깔고 있는 것처럼 보였습니다. "부웅 붕." 하는 날갯짓 소리는 마치 축제 날에 들려오는 북 장단 같았습니다.

　그리고 날갯짓 소리가 절정에 이른 순간, 유달리 큰 무리가 스윽, 상공으로 날아올랐습니다. 여왕벌과 여왕벌을 지키던 경비벌들이었지요. 분봉은 여왕벌이 이끌고 일벌이 뒤를 따른다는 이미지가 강합니다. 하지만 실은 일벌이 이끄는 대로 여왕벌이 움직인다는 것이 정확한 표현이지요. 일벌 수백 수천 마리가 "자, 갑시다.", "새 집을 찾아 여행을 떠납시다." 하고 권하고, 여왕벌이 그 권유를 받아들여 높은 하늘로 날아오르게 되는 것입니다.

　공중에서 여왕벌을 맞이한 일벌들은 하늘을 검게 뒤덮고 유영하기 시작했습니다. 마치 거대한 구름이 움직이는 것 같은 모습이었지요. 이런 벌들과 갑작스레 만나는 사람이 있다면 분명 너무 놀라 비명을 지르며 도망칠 게 분명합니다.

　'이게 말로만 듣던 '벌 구름'이구나.'

　치하루는 날아오른 벌들 뒤를 홀린 듯 쫓았습니다. 뛰어가면 어떻게든 따라잡을 수 있을 정도의 속도였습니다. 하지만 벌들은 건물 위를 자유자재로 날지만 인간은 그럴 수 없으니 잠깐씩 꿀벌을 놓치기도 했죠. 그래도 필사적으로 쫓았습니다. 치하루는 기어이 꿀벌을 따라잡아 벌 구름 바로 밑으로 들어가 볼 수 있게 되었습니다. 치하루를 둘러싼 채 이리저리 나는 수백 수천 마리 꿀벌들. 하늘을 올려다보며 치하루는 두 팔을 넓게 펼쳤습니다.

'아아, 내가 꿀벌들 속에 있다니!'

치하루는 마치 자기가 꿀벌이 된 것 같았습니다. 분봉에 참가하고 있는 것 같은 기분이 들었지요. 분봉은 무리를 늘리기 위한 본능적 행위, 태고부터 지금까지 수없이 되풀이되어 온 생명의 제의였습니다. 치하루는 그 '열기'를 온몸으로 느낄 수 있었지요.

말로 표현할 수 없을 정도로 신비한 감동을 남긴 채 꿀벌은 날아가 버렸습니다. 그리고 무리가 찾아든 벌통은 놀랍게도 금릉변을 놓아두지 않았던, 아무도 잠복해 있지 않은 벌통이었습니다.

"꿀벌님 기분은 도통 모르겠다. 아직까지도 전혀 모르겠어."

부원들은 기쁘면서도 복잡한 심경으로 웃을 수밖에 없었지요. 분봉은 예측 불가능한 흥분과 감동이 끊이지 않는 사건입니다. 야생에서 찾아오는 무리도 있는 반면, 야생으로 돌아가 버리는 무리도 있습니다. 그러한 대자연의 삶을 가까이에서 지켜보며, 아주 조금이지만 참여할 수 있었다는 것. 그것이 분봉을 겪으며 양봉부가 느낀 가장 큰 기쁨이었습니다. 그리고 올해는 야생에서 후지미 고등학교로 찾아온 무리도 있었습니다. 그리하여 일곱 무리였던 양봉부의 꿀벌은 열 무리로 늘어났습니다. 이렇게 여왕벌과 일벌 무리는 분봉을 통해 새집을 찾아 안착했습니다.

자, 그렇다면 집에 남아 있던 벌들은 그동안 어떻게 되었을까요? 분봉해 나간 여왕벌은 분봉하기 전에 새로운 여왕 후보가 될 알을 여러 개 낳아 둡니다. 이 알들은 '왕대'라고 불리는 여왕벌 전용 방에서 자랍니다. 그런데 꿀벌의 세계는 한 무리에 여왕 여러 마리가 군림하는 것을 허락하지 않습니다. 그래서 제일 먼저 어른벌레가 된 여왕벌은 나머지 여왕벌 후보 애벌레와 번데기를 침으로 찔러 죽여 버립니다. 이것이 새로 태어난 여왕벌이 제일 처음 하는 일이지요. 우연히 두 마리가 동시에 어른벌레가 되었다면 한 마리가 죽을 때까지 장렬히 전투를 벌입니다. 이렇게 새로 태어난 여왕벌은, 분봉에 참가하지 않고 남아 있던 절반의 일벌 그리고 여왕벌보다 조금 일찍 어른벌레가 된 수벌들에게 정식으로 받아들여지게 됩니다.

그리고 바람이 없는 어느 날 오후, 새로 태어난 여왕벌은 하늘로 날아오릅니다. 어른벌레가 된 다음 첫 비행이지요. 때를 맞춰 수많은 수벌들도 그 뒤를 따라 날아오릅니다. 그렇게 날아오른 여왕과 수벌 무리는 공중에서 짝짓기를 합니다. 이 '혼인비행'에서 여왕벌은 열 마리 정도의 수벌과 차례로 교미를 하지요. 그리고 그 이후 여왕벌은 자신의 온 생애를 오직 알을 낳는데에 바칩니다. 여왕벌의 수명은 보통 삼사 년 정도인데, 그 사이 겨울을 빼고는 언제나 알을 낳습니다. 많을 때는 하루에 삼사천 개까지 알을 낳기도 합니다.

한편 혼인비행에서 여왕과 교미한 수벌은 생식기 전체가 뽑혀 짝짓기를 한 다음 그 자리에서 죽고 맙니다. 교미를 하지 못한 나머지 수벌은 집에 돌아가도 애물단지 취급을 당하지요. 결국 가을에는 무리에서 쫓겨나 굶어 죽게 됩니다.

알면 알수록 신기한 꿀벌의 세계. 양봉부원들은 분봉을 거치며 다시 한 번 느끼게 되었습니다.

농업 클럽 대회에 나갈까?

봄이 그 끝을 알릴 무렵, 1학년 부원들도 양봉부 활동에 꽤 익숙해졌습니다. 동아리가 안정기에 접어들었으니 슬슬 새로운 도전을 해 보고 싶었죠. 사실 고우미는 전부터 해 보고 싶은 일이 있었습니다. '일본 학교 농업 클럽 전국 대회'에 양봉부 이름으로 출전하는 것입니다.

일본에는 372개에 이르는 농업계 고등학교가 있습니다. 그 학교들에서 9만 명의 학생이 농업에 얽힌 것들을 배우고 있지요. '일본 학교 농업 클럽 연맹', 이른바 '농업 클럽'은 농업계 고등학생들이 꾸리는 전국 조직입니다.

농업계 고등학교는 대학 진학을 준비하는 인문계 고등학교와는 달리, 매일 농업과 관련된 전문교육을 받습니다. 농사일도 하고, 스스로 주제를 정해 연구하며 지역과 교류하는 것은 물론, 상품 개발에도 힘을 쏟고 있습니다. 그러한 성과를 발표하고 그 결과물로 겨루는 대회가 바로 '농업 클럽 대회'인 것이지요. 1년에 한 번 열리는 큰 대회입니다.

대회는 몇 가지 부문으로 나뉘어져 있고, 높은 성적을 거둔 학생은 각 소재지별 예선, 지구 대회를 거쳐 전국 대회에 출전할 수 있습니다. 그리고 마지막에는 각 부문에서 일본 최고가 누군지 결정하게 됩니다. 이런 면에서 농업 클럽 전국 대회는 '농업고등학교 학생들의 고시엔'이라고도 불리고 있지요.

일본에는 '무슨무슨 고시엔'이라 이름 붙은 대회가 무척이나 많습니다. 그러나 농업 고시엔은 여러 가지 면에서 다른 것과 확연히 구분됩니다. 우선은 그 역사부터가 남다릅니다. 농업 클럽의 시작은 1950년까지 거슬러 오르고, 2015년에는 66회째를 맞이했습니다. 그리고 규모 면에서도 남다릅니다. 농업 고시엔 전국 대회에는 학생, 교사, 손님에 이르기까지 총 인원 4천 명 이상이 참가합니다. 전통도, 규모도 대단한 대회라고 할 수 있지요. 고우미는 이러한 대회에 양봉부원 모두와 도전해 보고 싶었습니다.

수업을 마친 후, 고우미는 농업 클럽 전국 대회 출전 건을 동아리 회의에 부쳤습니다. 그러자 1학년들의 반응이 제각각이었습니다.

"우와, 하고 싶다. 열심히 해 보죠!" 이런 의견도 있었지만, "그게 우리 수준으로 가능할까요?", "어차피 전국 대회까진 못 나가는 거 아니에요?" 하는 부정적인 의견도 나왔습니다.

"아니, 내 말은 갑작스레 전국 대회에 나가서 우승하자는 말은 아냐. 우선은 나가노 현 대회부터 참가해야 하는 거니까. 어디까지 올라갈 수 있을지, 그런 건 생각하지 말고 양봉부가 해 왔던 활동을 한 명이라도 더 많은 사람들에게 알린다는 걸 목표로 삼는 건 어떨까? 지금까지 응원해 준 지역분들에게 보답한다는 의미에서도 말이야."

양봉부 활동을 알리고 싶은 마음은 1학년 부원들도 마찬가지였지요. 그래서 결국엔 누구랄 것도 없이 한번 해 보자는 걸로 결론이 났습니다.

고우미는 뒷자리에 앉아 팔짱을 끼고 지켜보던 기타하라 선생님에게 의견을 구했습니다.

"너희들이 그렇게 생각했다면 그렇게 하면 되지, 뭐가 문제야?"

기타하라 선생님은 지금껏 양봉부 활동에 대해 거의 참견하지 않았습니다. 부원들이 하고 싶은 일이 있다면 일단 해 볼 수 있게 도와줬지요. 양봉부의 주인공은 부원들과 꿀벌들입니다. 자신은 그저 지켜볼 뿐. 이것이 고문을 맡고 있는 이의 역할이라고 생각했습니다.

"단, 일단 하겠다고 결정했으니 어떤 일이 있더라도 끝까지 해내야 한다."

"네!"

이렇게 해서 농업 고시엔을 향한 후지미 고등학교 양봉부의 도전이 시작됐습니다.

농업 클럽 전국 대회는 일곱 개 부문을 겨룹니다. 의견 발표, 연구 과제 발표, 가축심사, 농업 감정, 평판측량^{평평한 판에 제도지를} 붙여 거리와 각도를 직접 재며 행하는 측량, 농업 정보 처리, 플라워 디자인 부문인데, 고우미가 출전하려는 부문은 연구 과제 발표입니다. 연구 과제 발표 부문은 부원들이 팀을 꾸려 농업 연구 과제를 짜고 연구해 그 성과를 발표하는 자리입니다. 대회에서는 팀 대표로 뽑힌 학생이 무대에 나가 10분 동안 발표를 진행합니다. 심사 위원은 연구 내용과 발표자의 태도, 사전 제출물 따위를 다양한 관점에서 아울러, 참가 팀 순위를 매깁니다. 연구 과제 발표는 서로 손발을 맞추는 것이 중요합니다. 그런 의미에서도 단결력이 강한 핫치비에잇에 딱 맞는 부문이라고 고우미는 생각했습니다.

동아리 회의를 거쳐 대회 참가가 결정됐으니 일단 정보 수집부터 시작했습니다. 양봉부는 지금까지 전국 대회에서 우승한 고등학교의 동영상을 구해, 보고 또 보며 경향을 파악하고 대책을 마련했습니다.

다음으로 부원들은 팀 대표가 무대에서 발표할 원고를 만들기 시작했습니다. 정해진 시간 동안 짜임새 있게 발표해 양봉부의 활동을 여러 사람에게 이해시킬 수 있어야 합니다. 여기서 논점이 된 것은 양봉부의 여러 활동 가운데 어떤 것을 주축으로 드러내느냐는 것이었습니다.

모두 모여 토론한 결과, 꿀벌 처지에 선 마을 만들기, '후지미 꿀벌 백화 프로젝트'를 맨 앞에 내세우기로 했습니다. 발표 제목은 〈후지미 꿀벌 마을 대작전—사람과 꿀벌과 자연, 모두에게 좋은 마을 만들기〉로 정했습니다.

발표할 방향을 정한 다음 원고는 고우미와 모모네가 맡아 마련하기로 했습니다. 하지만 고우미는 작문 실력이 그리 좋지 않다는 게 문제였습니다. 지금까지 양봉부가 해 온 일들을 떠올리자 이것저것 원고 안에 집어넣고 싶은 내용이 많았습니다. 그래서 저도 모르는 사이 문장이 길어지고 마는 것이지요. 그걸 냉정히 잘라 내는 것이 모모네의 역할이었습니다. 그런데 모모네는 문장이 딱딱하다는 단점이 있었습니다. 고우미가 그것을 다시 부드럽게 다듬었지요. 그렇게 점차 원고를 써 나갔습니다. 성격이 정반대인 고우미와 모모네는 그런 면에서 장단점을 서로 보완할 수 있는 꽤 좋은 짝이었습니다.

발표 원고를 마련하는 한편 활동 기록부도 만들었습니다. 활동 기록부란 팀이 어떤 식으로 활동을 펼쳐 나갔는지 기록한 것입니다. 무대 발표와 더불어 심사 결과를 좌우하는 문서지요. 어떻게 만들어야 보는 이들의 흥미를 끌 수 있을지, 활동 기록부에 대해서도 궁리를 거듭해 나갔습니다.

무대 발표 원고와 활동 기록부는 대회 한 달 전에 미리 내야 합니다. 양봉부는 마지막까지 빠듯하게 준비했고, 아슬아슬하긴 했지만 마감에 맞춰 무사히 제출할 수 있었습니다.

사전 제출물 준비가 끝났으니 이제 남은 건 본적격인 발표 연습입니다. 고우미, 모모네, 사유키가 발표자로 무대에 서기로 했습니다. 무대 발표 연습은 단계별로 진행해 나갔습니다. 각자 원고 암기부터 시작했고, 원고를 얼추 외울 수 있게 되자, 셋이 모여 조합을 맞춰 가는 연습을 반복했습니다. 그 다음은 선생님과 다른 부원들 앞에서 실전처럼 연습을 거듭했습니다. 청중을 앞에 둔 발표는 긴장과의 전쟁이었지요. 위축되어 목소리가 작아지거나 하면 기타하라 선생님한테서 곧장 가차 없는 지적이 날아들었습니다.

발표 연습에 열을 올리는 한편, 영상 자료 만들기도 진행해 나갔습니다. 연구 과제 발표는 영상 자료를 띄우면서 해야 합니다. 무대에는 대형 화면이 두 개 설치되어 있는데2015년부터는 한 개 이 화면에 사진과 자료, 도표, 글을 띄워 무대 발표 내용을 보충 설명해야 합니다. 눈으로 들어오는 정보는 강렬해서 영상 자료를 얼마나 효과적으로 사용하느냐 하는 것이 승부처가 됩니다.

나가노 현 대회 1주일 전, 드디어 영상 자료가 완성됐습니다. 그러나 아직 연습이 더 남았습니다. 무대 발표 내용과 화면 영사 속도를 맞춰야 하기 때문입니다. 영상 자료는 무대 밑에서 컴퓨터를 만져 차례대로 띄우게 되는데, 이때 발표자와 속도가 안 맞게 되면 뒤죽박죽이라는 인상을 주게 됩니다. 그러므로 발표자와 호흡을 맞추는 연습이 무척 중요합니다. 영상 자료를 맡은 우에노와 발표자가 호흡이 맞을 때까지 몇 번이고 연습을 반복했습니다. 대회 직전까지 동아리실의 불은 밤늦도록 꺼질 줄을 몰랐지요.

긴장 속의 일전, 나가노 현 대회

초여름, 눈이 부신 들판이 펼쳐져 있는 마쓰모토 분지. 그 풍경을 스쳐 달려가는 오이토 선 전철 안으로 양봉부 부원들의 모습이 보입니다. 오늘은 나가노 현 대회 예행연습이 있는 날입니다. 지금 양봉부원들은 현 중심에 있는 아즈미노 시 농업 회관에 예행연습을 하러 가는 중입니다.

연구 과제 발표는 '식재료·생산', '환경', '문화·생활' 이렇게 세 분야로 나뉘어 치러집니다. 각 분야마다 우수상 한 팀이 선발되고, 모든 분야를 통틀어 최우수상 한 팀이 선발됩니다. 그리고 최우수상을 받은 팀만이 호쿠신에쓰 지구 대회라는 다음 단계에 진출할 수 있습니다.

후지미 고등학교 양봉부가 참가하는 '문화·생활' 부문에는 열 팀이 넘는 고등학교가 참가했습니다. 게다가 작년에 전국 대회까지 진출한 미나미아즈미 농업고등학교와 여러 번 상을 받은 적이 있는 스가사 원예고등학교, 나가노 현 남부 지역 농업고등학교 중에서 가장 오랜 역사를 지닌 가미이나 농업고등학교 같은 대회의 강호들이 이름을 내걸고 있었습니다.

드디어 예행연습 시작. 양봉부원들은 객석에서 차례를 기다리며 다른 고등학교의 연습을 지켜보다가 점점 자신감이 떨어지기 시작했습니다.

"다들 잘하네. 버벅대지도 않고."

"영상 자료도 좋아. 뭔가 우리하고는 수준부터가 다르다고나 할까."

이렇게 소곤거리고 있는데 무대에서 진행을 맡은 학생이 다음 팀을 소개했습니다.

"다음은 〈생명을 품은 부농. 동물 복지 농장, 미하라시 농장과의 연계〉라는 제목으로 가미이나 농업고등학교가 발표하겠습니다."

무대에 열 명쯤 되는 학생이 등장했습니다. 당당한 태도에서 대회에 자주 참가한 학교다운 여유가 느껴졌지요. 학생들은 한 줄로 서서 심사 위원과 관객들에게 잘 부탁한다며 힘찬 인사로 예행연습을 시작했습니다.

"그럼 준비를 시작해 주십시오."

사회자의 목소리에 학생들은 일사불란하게 발표 준비를 시작했습니다. 연구 과제 발표 부문에서는 발표 전 3분 동안 준비할 시간이 주어집니다. 그 사이에 팀원들은 영상 자료용 컴퓨터를 설치하고 마이크를 시험해야 합니다. 가미이나 농업고등학교 축산팀 학생들은 규정 시간인 3분보다 빨리 준비를 마치고 예행연습에 들어갔습니다.

본대회와 다를 바 없는 긴장감 속에서 연습은 착실히 진행되고 있었습니다. 그리고 드디어 후지미 고등학교 차례가 왔지요. 부원 모두가 무대에 올라 힘차게 인사했습니다. 여기까지는 좋았지만 준비 시간에 돌발 상황이 발생했습니다. 컴퓨터 두 대 중 한 대가 먹통이 되었기 때문이지요. 컴퓨터를 다루던 우에노의 얼굴에 당황한 기색이 역력했습니다. 3분을 넘기면 그대로 준비를 끝내고 영상 자료 없이 발표를 할 수밖에 없기 때문입니다. 심사에서 큰 감점을 받을 수밖에 없는 상황이었지요.

"어라? 어? 어? 왜 이러지?"

초조한 듯 중얼대며 필사적으로 키보드를 두드리는 우에노. 다행히 준비 시간 종료 직전에 컴퓨터는 부활했지만 무대 위에서 이를 지켜보던 고우미, 모모네, 사유키는 제정신이 아니었지요. 발표가 시작되자 모모네는 발표 내용을 잊어버렸고, 사유키는 얼굴이 굳었습니다. 고우미는 자기도 모르는 사이 마이크 손잡이를 돌리는 나쁜 버릇이 나오고 말았지요. 발표 시간도

규정 시간인 10분을 한참 넘기고 말았습니다. 예행연습은 참담했습니다.

그날 밤, 아즈미노의 전통 여관. 저녁상 앞에 둘러앉은 부원들의 얼굴은 무겁게 가라앉아 있었습니다. 내일 대회를 생각하니 걱정이 되어 밥이 넘어가지 않았지요. 기타하라 선생님은 그런 부원들을 흘깃 보고는 아무렇지도 않은 듯 저녁을 먹었습니다. 선생님은 식사를 끝내고 젓가락을 내려놓더니만 "아 참. 내 정신 좀 봐. 이걸 받아 놓고는 까먹고 있었네." 하며 봉투 하나를 꺼냈습니다. 고우미가 받아서 열어 보니 펠트로 만든 꿀벌 마스코트였습니다.

"치하루가 전해 준 거야. 직접 만들었다면서. 내일은 수업이 있어서 못 가니까 자기 대신 그 꿀벌 마스코트를 데려가 달라던데."

노란색과 검은색 펠트로 직접 만든 귀여운 꿀벌 마스코트였습니다. 몸통 부분에 '파이팅!'이라는 글자가 새겨져 있었지요.

"하루미도, 도네가와도 힘내라는 말을 전해 달라고 했어. 그리고 좀 전에 치요코 씨한테도 연락이 왔는데, 우리 마을 알리기 모임 회원들도 양봉부를 응원하고 있는 모양이다."

선생님의 이 말이 부원들에게 '어떤 것'을 깨우쳐 주었습니다.

그랬습니다. 양봉부원들은 양봉부 활동을 알리고 싶어서 농업 클럽 전국 대회에 나선 것이었습니다. 여러 사람들이 응원하고, 지역 사람들이 지켜보는 이 활동을 널리 알리고 싶은 게 가장 큰 목적이었지요. 잘하고 싶다는 욕심을 내려놓고, 지금까지 해 왔던 것들을 최선을 다해 발표하면 되는 것이라는 생각이 양봉부원들의 마음을 풀어 주었습니다.

부원들은 한결 활기찬 얼굴로 다시 밥을 먹기 시작했습니다.

다음 날 아침, 양봉부원들은 대회장에 도착해 발표 순서부터 확인했습니다. 발표 팀 가운데 가장 마지막이었죠. 그리 좋은 배정표는 아니었습니다. 여러 팀의 발표를 보다 보면 심사 위원들도 피곤해지기 마련이고 대회장 분위기도 산만해지기 때문입니다. 양봉부원들은 잠깐 낙담했지만 마음을 다잡고 대기 자석으로 갔습니다.

드디어 대회 시작. 한발 한발 후지미 고등학교 차례가 다가오고 있었습니다. 부원들이 무대 쪽으로 자리를 옮겨 다른 학교의 발표를 보고 있는데, 말도 안 되는 사건이 벌어졌습니다. 바로 앞 팀 컴퓨터가 준비 시간에 그만 먹통이 되고 말았던 거지요. 영상 자료를 맡은 학생은 어제 우에노가 그랬듯 창백한 얼굴로 서둘러 컴퓨터를 만지작거렸습니다. 하지만 준비 시간 초과. 화면 두 개 중에 하나를 쓰지 못하는 상태로 발표가 시작됐습니다.

"이런 일이 진짜 생길 줄이야……."

눈앞에서 끔찍한 상상을 직접 보게 된 부원들은 할 말을 잃고 말았습니다. 특히 영상 자료를 맡은 우에노는 눈에 띄게 굳었지요. 그러자 옆에 있던 고우미가 슬쩍 말을 건넵니다.

"우에노. 걱정하지 마. 영상 자료가 없어도 우리는 잘 해낼 수 있어!"

긴장을 숨기려 애쓰며 어색하게 웃고 있는 고우미의 얼굴을 우에노가 빤히 바라봅니다.

"알겠어. 고맙다. 하지만 열심히 만든 영상 자료니까, 헛되지 않도록 나도 최선을 다할게."

그랬습니다. 여기까지 온 이상, 배짱 좋게 밀고 나가는 수밖에 없는 거지요. 양봉부원들은 기도하는 마음으로 꿀벌 마스코트를 바라봤습니다.

그 즈음, 치하루는 학교에서 강의를 들으며 초조한 시간을 보내고 있었습니다.

　'이제 슬슬 시작했을 텐데. 다들 괜찮을까? 긴장만 안 하면
　좋을 텐데…….'

　그때 책상 위에 올려 둔 휴대전화에서 띵동 하고 문자 착신
음이 울렸습니다. 고우미가 보낸 문자였습니다. '나가노 현 대
회 결과'라는 제목에 사진 한 장이 첨부되어 있었지요. 떨리는
마음으로 문자를 열어 본 치하루는 수업 중임에도 벌떡 일어나
"해냈다!" 하고 소리치고 말았습니다. 꿀벌 마스코트가 우승
컵 안에 행복한 표정으로 자리 잡고 있는 사진이었습니다. 대회
에 처음으로 나간 후지미 고등학교 양봉부가 나가노 현 대회 최
종 우승을 차지한 것이었지요.

　"우승이라니……. 대단하다! 다들 정말 대단해!"

　치하루 눈에 눈물이 차올랐습니다. 양봉부를 만든 지 1년 반.
처음에는 기타하라 선생님과 둘이서 시작한 동아리였습니다.
그런 양봉부가 이렇게나 성장했습니다. 모두의 덕분이었지요.

　꿀벌과 양봉에 대한 자신의 생각이 해를 넘어 이어져 가는
기쁨. 치하루는 그 기쁨의 의미를 후배들로부터 배울 수 있었
습니다.

지구 대회, 쟁쟁한 경쟁자들과 맞붙다

양봉부는 최종 우승컵을 손에 쥐고 후지미로 돌아왔습니다. 그러나 기쁨에 젖어 있을 새도 없이 지구 대회 준비를 시작해야 합니다.

나가노 현이 속해 있는 호쿠신에쓰 지구는 나가노 현을 비롯해 이시카와 현, 후지야마 현, 후쿠이 현, 니가타 현을 아우르는 지역으로, 쟁쟁한 학교들이 버티고 있는 격전지입니다. 그 중에서도 제일 유명한 고등학교는 니가타 현립 나가오카 농업 고등학교입니다. 근처의 상업고등학교, 공업고등학교와 함께 몇 년 전부터 '나가오카 CAT'라는 모의 주식회사를 운영하면서 식품 개발과 농산물 유통처럼 규모 있는 활동을 펼쳐 나가는 학교입니다. 또한 공심채 재배와 보급에 힘을 쏟고 있는 도야마 현립 중앙 농업고등학교나, 역사가 오래된 이시카와 현의 스이세이 고등학교 같은 곳도 강력한 경쟁자입니다. 이런 강호들과 겨뤄야 해서 양봉부도 나가노 현 대회 우승으로 들떠 있을 여유가 없었지요.

수업이 끝나고, 부원들은 동아리실에 모여 나가노 현 대회 평가부터 시작했습니다. 대회를 치르면서 알게 된 것을 이야기하다 보니 "영상 자료와 발표자의 발표 속도가 살짝 어긋났다."거나 "영상 자료가 인상적이지 않았다." 같은 의견과 함께 "발표에 여유가 없는 느낌이 들었다."는 지적이 가장 많았습니다.

다음 날 점심시간, 고우미는 이 문제를 어떻게 해결해야 할지 모모네에게 의견을 구했습니다. 입을 꾹 다물고 있던 모모네가 결심한 듯 입을 열었습니다.

"저기, 아무래도 발표자가 셋인 것보다는 남자 둘인 것이 더 낫지 않을까?"

"뭐? 하지만……. "

고우미는 말문이 턱 막히는 느낌이었습니다. 모모네의 말은 사유키를 발표자 자리에서 내려오게 해야 한다는 의미였기 때문입니다. 무대에 서야 하는 발표자는 그 책임도 엄청나지만 그만큼 보람도 큰 자리입니다. 그래서 발표자로 뽑혔을 때 사유키는 무척 기뻐했고, 누구보다 진지하게 연습에 임했습니다. 그런 후배를 이제 와서 빼야 한다니…….

모모네는 주저하고 있는 고우미에게 그 까닭을 설명하기 시작했습니다. '발표자에 남자와 여자가 섞여 있으면 음의 높낮이가 달라서 청중이 듣기에 불편할 수도 있다. 게다가 지구 대

회는 나가노 현 대회보다 큰 대회이고 그만큼 더 많이 긴장할
수 있으니 가장 호흡이 잘 맞는 사람끼리 하는 편이 더 낫다.'는
것이 모모네의 생각이었습니다.

"그런 면에서 봤을 때, 나랑 너, 이렇게 둘이 하는 게 최선이
  지 않을까 하는 생각을 하게 된 거지."

정에 흔들리지 않고, 동아리 전체에 무엇이 최선인가를 고려
한 생각이었습니다. 모모네의 진심을 이해하게 되자 갈피를 못
잡던 고우미도 마음을 정할 수 있었습니다.

기타하라 선생님께 의견을 물었더니 "너희들이 그렇게 생각
했다면 그렇게 하면 되지, 뭐가 문제야?" 하고 동의해 주었습니
다. 그리고 선생님은 이런 말을 덧붙이셨죠.

"하지만 사유키가 제대로 납득할 수 있도록 충분히 설명해
  줘야 한다."

이 괴로운 역할은 모모네가 맡기로 했습니다.

"사유키. 미안하다. 3학년들과 선생님 사이에 토론으로 결정
  된 일이야. 사유키가 못해서 그런 게 아니라, 이렇게 하는 게
  청중들이 듣기에 편하지 않을까 하는 판단에서……. 정말 미
  안하다. 사유키."

처음에는 사유키도 충격을 받은 것 같았습니다. 하지만 결국 그 결정을 이해해 주었습니다.

"아무래도 그게 가장 좋겠네요. 저는 신경 쓰지 말고, 발표 열심히 해 주세요."

사유키 눈에 어렴풋이 눈물이 배어 올랐습니다. 모모네는 마음이 무거웠지만 사유키 몫까지 열심히 하자고 새롭게 결의를 다졌습니다.

어느 날, 수업을 마친 뒤, 늘 그렇듯 동아리실로 걸음을 옮기던 1학년 부원들은 문을 열다가 깜짝 놀라고 말았습니다. 동아리실 안에서는 고우미와 모모네가 발표 연습에 한창이었습니다. 요 몇 주간 익숙한 풍경이라 놀랄 것도 없었지요. 그런데 평상시와 달랐던 것은 둘의 눈이 안대로 가려져 있다는 것이었습니다. 고우미와 모모네 옆에는 초시계를 든 사유키가 대기 중이었지요.

"이상으로 발표를 마치겠습니다."

모모네의 마지막 말과 동시에 사유키는 초시계를 눌렀습니다.

"어땠어?"

안대를 벗으며 고우미가 사유키 쪽을 바라봤습니다.

"8분 49초. 아직 너무 빨라요."

고우미와 모모네는 한숨을 내쉬었지요.

"저기, 다들 지금 뭐 하는 거예요?"

쭈뼛쭈뼛 1학년 부원들이 물었습니다.

"뭐라니? 당연히 지구 대회 연습이지."

"근데 왜 안대를?"

"10분이라는 시간을 몸에 기억시키려고."

연구 과제 발표 시간은 10분입니다. 제한 시간을 넘기면 초과 시간에 따라 감점이 늘어납니다. 그렇다고 10분보다 빨리 끝내도 마찬가지입니다. 그 역시 감점의 대상이기 때문이지요. 빨라도 안 되고 늦어도 안 되고, 어디까지나 딱 10분. 그것이 가장 이상적인 발표 시간입니다. 그 시간을 맞추기 위해 고우미와 모모네는 안대로 눈을 가리고 연습하기로 한 것이었습니다. 하지만 막상 해 보니 아무리 노력해도 말이 빨라지기 일쑤였습니다. 시간을 넘길까 봐 두려웠거든요. 하지만 말이 빨라지면 발음이 불분명해져서 발표의 완성도가 떨어질 수밖에 없습니다. 천천히, 확실히, 그리고 시간에 맞게. 고우미와 모모네의 도전은 그 뒤로도 계속됐습니다.

이렇게 임했던 호쿠신에쓰 지구 대회. 그 결과는 어땠을까요?

"최종 우승은 나가노 현 대표, 후지미 고등학교입니다!"

심사 위원장의 발표에 고우미와 모모네는 서로 끌어안고 소리쳤습니다.

"이럴 수가! 이럴 수가!"

"해냈다! 해냈어!"

그 말밖에는 안 나왔습니다.

"모모네, 너 지금 울고 있냐? 꼴사납게."

"내가? 난 안 울어. 그게 아니라 네가 울고 있는 것 같은데?"

다른 부원들도 벅찬 얼굴로 고우미와 모모네 옆으로 모여들었습니다. 객석에서 지켜보던 기타하라 선생님도 활짝 웃으며 다가왔지요.

"다들 정말 잘했다. 수고했다!"

"아직 끝난 게 아닙니다. 선생님."

어쩐 일인지 사유키의 말투가 단호했습니다.

"그 말을 듣기엔 너무 이릅니다. 수고했다는 말은 전국 대회에서 우승했을 때 해 주세요."

기타하라 선생님은 속으로 꽤나 놀랐습니다. 사유키의 말에 부원 모두가 정말이지 진지한 얼굴로 고개를 끄덕였기 때문입니다.

'첫 출전에서 지구 대회 우승도 대단한 일인데……. 이 녀석들, 더 높은 곳을 목표로 삼고 있구나. 어휴, 욕심 많은 꿀벌 녀석들.'

선생님은 마음속으로 흐뭇하게 웃었습니다.

꿀을 넣은 지역 음식에 도전!

부원들이 농업 클럽 전국 대회에 온 마음을 쏟는 사이, 후지미 고등학교의 꿀벌들도 순조롭게 제 삶을 꾸려 나가고 있었습니다. 분봉으로 늘어난 무리도 새로운 거처가 마음에 들었던 모양인지 벌집을 열심히 만들며 가족을 불려 나가고 있었지요.

더위가 한창이던 8월, 양봉부는 작년과 마찬가지로 부원들 가족과 지역 사람들을 초대해 두 번째 꿀 따기 행사를 열었습니다. 작년에는 조심스럽게 꿀을 조금 땄습니다. 꿀을 너무 많이 따면 벌들이 겨울을 나기 힘들 수도 있다는 걱정 때문에요. 하지만 올해는 요령을 터득하기도 했고, 벌통이 열 개로 늘어나기도 해서 무려 30킬로그램이나 되는 꿀을 딸 수 있었습니다. 꿀이 뚝뚝 떨어지는 벌집꿀을 다들 한 입씩 먹기도 했지요.

"우와, 달다!"

"맛있다!"

여기저기서 탄성이 터졌습니다. 한동안 농업 클럽 전국 대회 준비로 정신없던 부원들도 오랜만에 지역 사람들과 만나 즐거운 시간을 보냈습니다.

그리고 이번 꿀 따기에는 덤도 조금 붙어 있었습니다. 초대한 사람들이 돌아간 다음 양봉부원들만 모여 '꿀벌 시식회'를 벌였거든요. 꿀을 따다 보면 아무리 조심해도 벌집에 남아 있던 꿀벌과 애벌레가 희생당할 수밖에 없습니다. 귀중한 생명을 헛되이 하지 않기 위해서라도 올해는 희생당한 꿀벌들을 먹어 보기로 했던 것이지요.

후지미 고등학교가 있는 스와 지역에는 예로부터 꿀벌 애벌레를 먹는 식문화가 있습니다. 땅벌 애벌레를 비롯해, 메뚜기나 누에의 번데기를 먹어 왔지요. 하지만 이런 식문화도 점점 사라지는 추세라 양봉부원 중에도 꿀벌 애벌레를 먹어 본 사람은 아주 드물었습니다. 그런 만큼 지역의 식문화를 이해하기 위해서도 '꿀벌 시식회'는 중요한 일이었지요. 꿀을 딸 때 생명을 다한 꿀벌을 애벌레, 번데기, 어른벌레로 나눠 각각 따로 볶아 소금을 뿌린 후 맛을 보기로 했습니다. 그리고 '맛', '씹는 느낌', '부드러움' 이렇게 세 지점에서 평가해 각각 총점을 매겨 보기로 했지요. 처음에는 입에 넣기까지 벌벌 떨었지만 한 번 먹어보고는 다들 같은 반응을 보였습니다.

"어라? 맛있네?"

애벌레는 부드러우면서도 옥수수 같은 맛이 났고, 번데기는 바삭바삭한 것이 과자를 먹는 것 같았습니다. 어른벌레는 날개가 있어서 그런지 삼키기는 어려웠습니다. 맛에서는 번데기와 애벌레가 동률을 기록했지만 식감에서 번데기가 앞섰습니다. 결국 번데기가 총점에서 선두를 차지했지요.

벌은 꿀뿐만이 아니라 다양한 면에서 사람의 식문화에 이바지해 왔습니다. 꿀벌 시식회는 작은 생명을 향한 고마운 마음을 배울 수 있는 귀중한 체험이 되었지요.

한편 후지미 고등학교 양봉부는 '벌꿀로 지역을 건강하게 만들자.'는 활동에도 온 힘을 다해 왔습니다. 꿀이 몸에 좋다는 것은 누구나 인정하는 부분이지요. 비타민이나 미네랄 따위가 풍부해 예로부터 건강식과 미용식으로 사랑받아 왔습니다. 양봉부는 이런 벌꿀을 활용해 지역을 좀 더 활기차게 만들고 싶었습니다.

그 첫걸음으로 양봉부는 지난 5월에 열린 '한천을 곁들인 다과회'에 도전했습니다. '한천을 곁들인 다과회'는 스와 지역 청년회의소가 주최했는데, 지노 시 특산품인 한천을 이용해 다과회에 곁들일 수 있는 후식을 개발하고자 하는 행사입니다. 참가자가 현장에서 음식을 만들면 심사 위원이 먹어 보고 순위를 매기는 경연 형식으로, 1위를 차지한 팀의 후식은 상품으로 개발되어 판매됩니다. 양봉부한테는 맛있는 벌꿀이라는 필승 재료가 있습니다. 벌꿀과 한천이 어우러진 멋진 후식을 만들어 보려는 도전이 시작됐습니다.

이런저런 시행착오 끝에 양봉부는 '판도라 상자'라는 과자를 만들어 냈습니다. 곡물 가루에 꿀을 섞은 반죽으로 구운 도라야키반죽을 동글납작하게 빚어 구운 후, 두 쪽 사이에 팥소를 넣어 붙인 과자였는데, 안에는 한천과 모과 시럽으로 조린 팥소를 집어넣었습니다. 완성작을 시식한 부원들 입에서는 "끝내준다!", "이거라면 해볼 만하겠어!" 하는 찬사가 터져 나왔지요.

양봉부는 의기양양하게 대회장에 도착해 치하루가 만들어 준 노란색 앞치마를 두르고 도라야키를 만들기 시작했습니다. 도라야키는 순조롭게 완성됐지만 1분 발표 시간에 문제가 생겼습니다. 발표를 맡은 리사가 너무 긴장한 나머지 준비한 내용을 모조리 잊어버리고 말았기 때문입니다. 그게 분하고 아쉬워 리사는 결국 울고 말았지요.

자, 과연 심사 결과는 어떻게 됐을까요? 아쉽게 우승은 놓쳤지만 지역 기업인 '지스코어'가 주는 '지스코어 상'을 받았습니다. "웃는 얼굴로 힘차게 외치는 인사가 무척 인상적이었고 놀라웠다."는 것이 심사 위원의 심사평이었습니다. 요리와는 전혀 관계없이 받은 상이었지만 부원들은 크게 힘을 얻었습니다.

다음으로 양봉부는 '신슈 오야키 협의회'가 여는 '신슈 오야키 왕 조리법 경연 대회'에 도전했습니다. 신슈의 지역 음식이라고 하면 누가 뭐래도 오야키입니다. 오야키는 원래 눈이 많은 지역에서 겨울 동안 보존식으로 먹던 것이지만 지금은 계절과 상관없이 그 소박한 맛으로 사람들에게 사랑받고 있는 간식입니다. 이 오야키를 더 많은 이들에게 알리기 위해 기획된 것이 신슈 오야키 왕 조리법 경연 대회였습니다. 심사는 1차, 2차, 본

선으로 치러지고, 본선은 지역 방송으로 방영됩니다.

양봉부는 의욕적으로 조리법을 다듬어 가기 시작했습니다. 되풀이된 실패 끝에 'AKBee 오야키'라는 것을 완성해 냈습니다. 애플의 A, 커스터드 크림의 K, 그리고 꿀벌의 Bee, 세 가지 재료의 첫 글자를 짜 맞춰 이름도 붙였습니다. 이것은 놀랍게도 2차 심사를 통과했습니다. 나가노 시에서 열리는 본선에 진출할 수 있게 됐지요.

지난번 실패를 씻겠다는 듯, 부원들은 〈꿀벌 씨 극장〉의 꿀벌 옷을 입고 대회에 나섰습니다. 마침 그날 같은 장소에서 다른 행사가 열린 모양인지, 대회장에 도착해 보니 여러 기업을 대표하는 귀여운 캐릭터들이 잔뜩 모여 있었습니다. 후지야 식품의 '페코 짱', 모리나가 초코볼의 '쿄로 짱' 같은 캐릭터와 함께 양봉부 꿀벌들에게도 촬영 요청이 밀려들었습니다. 관람객들에게 제법 인기를 누렸지요.

양봉부는 151개 출품작 가운데 당당하게 3위를 차지했습니다. 비록 우승은 놓쳤지만 한천을 곁들인 다과회 때와 견주면 커다란 약진이었습니다. TV 카메라에도 많이 찍혔고, 양봉부로서는 무척이나 만족스러운 하루였습니다.

그런데 돌아가는 전철 안에서 부원 하나가 느닷없이 큰소리를 질렀습니다.

"앗, 틀렸다!"

커스터드의 첫 글자가 K가 아니라 C였던 것을 그제서야 깨달았던 것이지요. 순간 다들 당황해서 할 말을 잃었지만 "뭐, 그 정도면 봐줄 만하지 않을까?", "맞아 맞아. 같은 알파벳인데 뭐." 하며 또 금세 웃고 말았습니다.

무너진 유대감

보름 뒤로 다가온 농업 클럽 전국 대회. 양봉부는 발표 연습에 온 힘을 쏟고 있었습니다. 그런데 그 무렵 1학년 부원 리사가 귀를 뚫고 귀걸이를 한 채 나타났습니다. 귀를 덮는 머리라 괜찮을 것이라 본인은 생각했겠지만 엄연한 교칙 위반이었습니다. 귀걸이를 하고 등교한 날, 양봉부 모두가 그 사실을 알게 됐지요.

늘 그렇듯 수업이 끝나자 리사는 동아리실로 갔습니다. 선생님을 비롯해 부원들이 모두 동아리실에 모여 있었지요. 고우미가 귀걸이에 대해 묻자 리사는 우물쭈물했습니다.

"어……, 별다른 이유는 없고, 그냥……."

"그냥이라니? 그게 무슨 말이야? 지금이 어떤 시기인지 너도 잘 알 것 아냐?"

갑작스럽게 몰아붙이니 리사도 욱하고 말았지요.

"알고 있어요. 하지만 우리는 우리가 맡은 기록부 제출도 마쳤고……."

"자기 일이 끝나면 그걸로 끝인 거야?"

고우미가 화를 내는 데는 이유가 있었습니다. 지구 대회에서 우승했을 때, 앞으로 있을 전국 대회를 위해 모두 한마음으로 똘똘 뭉쳐 최선을 다하자고 약속했습니다. 전국 대회에 나갈 수 있는 팀은 나가노 현 대회와 지구 대회에서 우승한 후지미 고등학교 한 팀뿐이었습니다. 양봉부한테는 대회에서 패한 다른 학교 몫까지 열심히 해야 할 책임이 있었기 때문이지요. 그래서 전국 대회에서 최고의 발표를 하고 싶었습니다. 후지미의 매력을 전국에 알려 지역 사람들에게도 보답하고 싶었습니다. 그런 약속을 리사가 깨고 말았다는 것을 고우미로서는 용납할 수 없었지요.

"더 이상은 어렵겠다. 나는 리사랑 같이 전국 대회에 나갈 자신이 없어."

지금까지 들어 본 적 없는 부장의 차가운 목소리에 리사는 당혹스러웠습니다.

"기껏해야 귀걸이일 뿐인데 그렇게 말할 것까지야……. 알겠어요. 빼면 되는 거 아니에요?"

"아니, 그런 말이 아니라!"

의도치 않게 터져 나온 감정에 고우미 자신도 당혹스럽긴 마찬가지였습니다. 화를 수습할 방도를 몰라 입술을 깨물고 있는데 옆에 있던 우에노가 나지막이 말했습니다.

"지금 장난하냐?"

평소에는 온화하던 우에노도 화가 난 듯, 목소리가 떨렸습니다. 사실 우에노는 양봉부에서 1학년들을 맡아 이끌고 있었습니다. 그러니 리사를 바르게 끌고 오지 못한 자신이 한심해 화를 내고 있었던 것이지요.

"기껏해야 귀걸이? 그게 지금 할 소리냐! 도저히 못 해 먹겠네!"

우에노는 그렇게 내뱉고 난 뒤에 동아리실을 뛰쳐나가 버리고 말았습니다. 그 모습을 보고는 고우미가 결연한 말투로 얘기했습니다.

"더 이상 너랑은 동아리 활동을 같이 못 하겠다. 그러니까 양봉부를 그만둬 줬으면 좋겠어."

리사는 충격에 숨을 쉴 수가 없었습니다. 시작은 그저 장난스러운 마음이었습니다. 전국 대회에 다 함께 출전한다는 게 기뻐서 멋을 좀 부려 보고 싶었던 것뿐이었지요.

"그런 횡포가 어딨어요? 선생님, 뭔가 말씀 좀 해 주세요."

리사는 동아리실 한쪽에서 지켜보던 선생님한테 도움을 청했습니다.

"다들, 어떻게 생각해?"

선생님은 일부러 아무런 의견도 내놓지 않았습니다. 무겁고 답답한 침묵만이 동아리실을 감쌀 뿐이었습니다. 잠시 후 그 침묵을 깬 것은 모모네였습니다.

"저도 고우미 의견에 찬성합니다. 귀걸이뿐만 아니라, 리사는 어떤 식이냐면, 싫다, 귀찮다 이런 말을 자주 했구요. 솔직히 전부터 그런 부분은 별로 좋지 않다고 느꼈어요. 지금까지야 그래도 괜찮았지만……."

'하지만 더 이상은 용납할 수 없다.' 말줄임표에 숨겨져 있는 이야기가 리사의 가슴에 비수처럼 날아들었습니다. 도움을 바라며 눈을 돌려 보지만 자기 편을 들어 주지 않을까 생각했던 1학년 부원들도 불편한 듯 땅만 바라볼 뿐이었습니다. 매일 밤 늦도록 남아 대회 연습을 하던 선배들을 생각해 보면, 적당한 이유를 둘러대고 집에 돌아가 버리던 리사의 태도는 친구지만 받아들이기 힘든 면이 있었습니다. 그래서 몇 번이고 충고를 해 보았지만 그럴 때마다 리사는 "괜찮아. 괜찮아." 하며 흘려듣고는 했지요.

"리사는 어떻게 하고 싶니?"

부드럽게 말을 건넨 이는 사유키였습니다.

"부 활동은 강제가 아니니까, 놀고 싶은 마음이 크다면 좀 더 느슨한 동아리에 가는 것도 좋지 않을까? 특별히 리사가 양봉부에 애정이 있다거나 그런 것도 아닌 것 같고."

"……나는 양봉부 계속하고 싶어."

어쩌다 보니 들어오게 된 양봉부였지만 지금은 리사에게 빼놓을 수 없는 존재가 되었습니다. 하지만 모두에게 약간은 응석을 부리고 있었다는 것도 부정할 수는 없었지요.

"그렇다면 제대로 해 보자. '자, 힘을 모아 열심히 하자!'고 할 때 누군가가 게으름을 피우면 나머지 사람들도 의욕이 떨어질 테고, 그걸 보고 아무 말 못 하는 자신에게 실망하는 사람도 있을 테니까. 알겠지?"

타이르는 듯한 사유키의 말에 리사는 매달리듯 대답했습니다.

"알겠어. 앞으로는 제대로 활동할게. 그러니까……."

지금까지 아무 말 없던 선생님이 드디어 입을 열었습니다.

"정말 네가 그렇게 생각한다면, 모두에게 증명해 보이는 건 어떨까?"

"증명이요?"

"너의 진심, 최선을 다하겠다는 각오를 모두에게 보여 주는 거지."

"어떻게요?"

"음, 글쎄다. 예를 들어, 곧 있을 수학 시험에서 90점을 넘기는 건 어떨까?"

"뭐라구요? 90점이요?"

사유리는 기겁했습니다. 수학은 정말 자신 없는 과목이었고 50점만 받아도 잘 받은 점수에 속했으니까요.

"어떻게 할래? 자신 없으니 포기할까?"

도발하듯 던지는 말에 리사는 진지한 얼굴로 대답했습니다.

"아뇨. 하겠습니다."

다음 날 아침, 등교 중인 시오리와 유리의 표정이 복잡하기만 했지요.

"리사, 앞으로 어떻게 할 작정일까?"

"음……."

졸업 때까지 함께 동아리 활동을 하고 싶은 마음이야 물론 있었습니다. 그러나 그렇게까지 선배들을 화나게 만들었으니 어중간히 해서는 풀지 못할 것이라는 생각도 들었습니다.

"아무튼 지켜보는 수밖에 없겠지."

그렇게 말하며 교실로 들어가는데, 놀랍게도 리사가 책상에 앉아 있었습니다.

"리사, 무슨 일이야? 이렇게 일찍."

"……시험공부 하려고."

리사 앞에는 수학 문제집이 펼쳐져 있었습니다. 유리와 시오리는 놀란 눈으로 서로를 바라볼 수밖에 없었습니다. 그리고 그때 처음으로 깨달았습니다. 리사가 정말로 양봉부에 남길 바란다는 사실을 말이지요.

그리고 머지않아 유카가 리사의 수학 공부를 도와주기 시작했습니다. 시오리와 유리도 힘을 보탰고, 나중에는 1학년 부원들이 모두 붙었습니다. 하지만 리사는 그것만으로는 부족하다는 생각이 들었습니다. 방과 후, 교무실에 남아 나머지 공부를 시작했고 기타하라 선생님 옆자리에 진을 치고 앉아 모르는 문제가 나올 때마다 질문을 퍼부었습니다. 질문이 어찌나 많았던지 기타하라 선생님도 조금 지친 모양이었습니다.

"있잖아, 리사. 나는 실습 담당이야. 질문이 있으면 수학 선생님한테 해야지."

"에이, 선생님. 혹시 몰라서 그러시는 거 아니에요?"

그렇게 웃는 리사의 귀에는 아무것도 매달려 있지 않았습니다. 기타하라 선생님이 그걸 보고는 조용히 말했습니다.

"리사. 귀걸이 같은 게 없어도 너 자체만으로 충분히 빛나고 있는 것 아닐까?"

'겉모습을 꾸미는 건 앞으로도 얼마든지 할 수 있다. 그런 것보다 지금은 좋아하는 걸 찾고, 그것에 원 없이 열중했으면 좋겠다. 그렇게 해야 내면이 빛나는 존재가 될 수 있는 거다.' 그런 마음을 전하고 싶었지만 선생님은 굳이 많은 이야기를 건네지는 않았습니다. 잠시 후, 조용히 문제를 풀던 리사가 혼잣말처럼 툭 이런 말을 했지요.

"……귀걸이 한다고 뚫었던 구멍, 이미 막혔으니까요."

그렇게 최선을 다한 1주일. 드디어 수학 시험 날이었습니다. 쉬는 시간, 리사는 공책을 보며 마지막 점검을 하고 있었습니다. 유리와 유카, 시오리가 다가와 조심스레 말을 건넸습니다.

"리사, 드디어 그날이 왔네. 기분은 어때?"

"할 수 있는 건 다 했지만, 자신은 없어."

리사는 웃음으로 긴장을 누르고 있었습니다. 다들 그런 리사를 격려했습니다.

"괜찮을 거야. 리사 너 정말 열심히 했으니까."

"맞아. 나 정말 깜짝 놀랐어. 리사가 이렇게 열심히 할 거라곤 생각 못 했거든."

"유리, 유카, 시오리……."

감동한 듯 세 사람을 바라보는 리사. 그러고는 부끄러운 듯이렇게 덧붙였지요.

"저기……, 미안해. 대회 전에 걱정을 끼쳐서."

"아니야. 우리도 나빴어. 귀걸이를 처음 봤을 때 이야기를 해 줬으면 좋았을 텐데."

"리사, 꼭 90점 맞아야 해. 그래서 선생님하고 선배들을 놀라게 해 주자!"

"응!"

리사의 대답과 함께 수업 시작 종이 딩동댕 울렸습니다.

이틀 뒤 동아리실에서 작업 중이던 양봉부원들은 어딘가 초조한 기색이었습니다. 오늘이 바로 리사의 시험 답안지가 되돌아오는 날이기 때문입니다.

"그렇게까지 열심히 했으니 괜찮은 점수일 거야. 분명."

1학년 부원들 사이에 그런 대화가 오가는 것을 슬쩍 보며, 고우미를 비롯한 3학년들은 복잡한 얼굴이었습니다. 그리고 선생님은 여전히 침묵을 지킬 뿐이었지요.

드디어 문이 열리고 리사가 등장했습니다. 열흘 만에 찾는 동아리실이었습니다. 리사는 눈이 부신 듯 실내를 잠깐 바라보더니 싱긋 웃으며 답안지를 꺼내 들었습니다.

"짠! 실패했습니다아!"

점수는 87점. 늘 저조했던 리사의 수학 점수에 대자면 놀랄

만큼 높은 점수였지만 약속한 90점에는 미치지 못했습니다.

"아슬아슬하게 90점은 될 것 같았는데……. 뭐, 결국엔 이런 점수네요."

리사는 울고 싶은 마음을 억누르며 웃었습니다. 다른 1학년 부원들도 무슨 말인가 하고 싶긴 했지만 차마 입이 떨어지지 않았습니다. 바로 그때 "그 정도면 충분한 것 아닐까?"라는 말이 침묵을 깨고 동아리실을 울렸습니다. 모모네였지요.

"리사가 최선을 다하고 있다는 건 1학년들을 통해 들었고, 리사도 리사의 진심을 충분히 보여 줬다고 생각해. 그렇지? 고우미?"

모모네의 말에 전부는 아니지만 고우미도 동의했습니다.

"뭐, 네가 그렇게 말한다면야……. 우에노는 어때?"

잠시 뜸을 들이던 우에노의 얼굴에 평소와 다를 바 없는 사람 좋은 웃음이 피어올랐습니다.

"충분하지 않을까? 리사의 87점은 다른 학생의 300점 정도 되는 가치가 있으니까."

"너무해요. 제가 그렇게까지 바보는 아닙니다!"

허둥대며 달려드는 리사를 보고 다들 폭소를 터트렸지요.

동아리실이 모처럼 웃음으로 가득 찼습니다. 사유키가 밝게 웃으며 리사의 손을 잡았습니다.

"잘됐다, 리사. 정말 열심히 했어."

"그게, 아무리 생각해도 그만두기가 싫었거든. 나한테 양봉부는 가족이니까."

리사의 눈에는 안도의 눈물이 차올랐습니다.

고우미는 동아리실 뒤쪽에서 팔짱을 낀 채 잠자코 바라보던 선생님에게 다가가 의견을 묻듯 말을 건넸습니다.

"선생님. 보셨다시피 이렇게 되었는데, 어떻게 생각하십니까?"

"너희들이 그렇게 정했다면 그렇게 하면 되지, 뭐가 문제겠니?"

기타하라 선생님은 늘 그렇듯 무심하게, 아무렇지도 않다는 얼굴이었지요.

"자, 그런 의미에서 다들! 우리 양봉부는 한 명도 빠짐없이 나가사키로 가는 거다!"

"네!"

내분을 거치며 양봉부는 한층 더 끈끈해졌습니다. 리사가 다시 받아들여진 날은 전국 대회 출발 3일 전이었지요. 남은 것은 이제 전국 대회뿐. 이제 양봉부는 결전의 땅, 나가사키로 떠납니다.

전국 대회, 꿈꾸던 무대에 서다

2011년 10월 24일, 양봉부 일행은 나가사키 현 시마바라 시에 도착했습니다.

"아휴, 드디어 도착했다."

역에 내려선 부원들 입에서는 이런 소리부터 새어 나왔습니다. 후지미 역을 출발해 무려 열다섯 시간이나 걸려서야 겨우 도착했으니 그런 소리가 나오는 것도 과장은 아닐 겁니다. 후지미 역에서 급행을 타고 나고야로 간 다음, 거기서 고속 열차를 타고 하카타로, 그리고 급행과 국철을 갈아탄 끝에 나가사키에 도착했으니까요. 빨리 호텔로 들어가 쉬고 싶다는 여학생들의 호소에도 아랑곳 않고, 고우미가 이끄는 양봉부 일행은 시마바라 시 북부에 있는 아리아케 문화회관으로 갔습니다. 이곳에서 내일 연구 과제 발표 전국 대회가 열리게 됩니다. 아리아케 해를 배경으로 위풍당당하게 서 있는 흰색 건물을 바라보니, 벌써부터 긴장감이 돌기 시작했습니다.

"큰일났다. 벌써부터 심장이 두근두근……."

"나도. 우와, 어쩐지 배가 아픈 것 같아."

그때 바람이 살짝 불어왔습니다.

"바람에서 바다 냄새가 나. 따뜻하다, 여기."

우에노는 햇살에 반짝이는 아리아케 해를 눈이 부신 듯 바라봤습니다. 고우미와 모모네도 가늘게 뜬 눈으로 같은 곳을 바라봤지요.

"진짜 그러네. 신슈 같으면 곧 겨울 준비를 시작해야 하는데."

바다가 없는 신슈에서 바다로 둘러싸인 나가사키까지.

'결국 우리가 여기까지 왔구나.'

모두들 감개 어린 얼굴이었습니다.

다음 날 아침, 양봉부 일행은 서둘러 숙소를 나섰습니다. 아리아케 문화회관 문을 열고 들어서는 순간, 다들 그곳 분위기에 압도되고 말았습니다. 대회장 입구는 사람들로 가득했습니다. 전국에서 선발된 27개 팀, 200여 명의 학생들로 북적이고 있었거든요. 어떤 팀은 여유 가득한 얼굴로 담소를 나누고 있었고 어떤 팀은 곧 시작될 대회를 대비해 발성 연습을 하고 있었습니다. 현 대회, 지구 대회와는 전혀 다른, 열기와 흥분이 뒤섞인 공간이 양봉부 눈앞으로 펼쳐졌지요.

"자, 여기. 안내 책자 받아 왔다."

27번 - 호쿠신에쓰 지구 대표 **나가노 현 후지미 고등학교** 후지미 꿀벌 마을 대작전 — 사람과 꿀벌과 자연 모두에게 좋은 지역 만들기	26번 - 긴키 지구 대표 **교토 부립 가츠라 농업고등학교** 교토의 전통과 식문화 · 교토 채소 보급을 위한 도전	25번 - 시코쿠 지구 대표 **에히메 현립 오즈 농업고등학교** 오즈의 나비난초에 새로운 생명을	24번 - 주고쿠 지구 대표 **야마구치 현립 헤키 노우 농업고등학교** 나가토 시의 전통 채소 하쿠 오쿠라를 미래로 • 오쿠라는 고추와 비슷하게 생긴 채소이다. 매운 맛은 없다.

기타하라 선생님이 접수대에서 등록을 마치고는 차례표가
담긴 책자를 들고 왔습니다. 부원들은 건네받은 소책자를 유심

히 들여다봤습니다. 거기에 발표 순서가 적혀 있기 때문입니다.

"설마, 또냐……."

부원들의 입에서 한숨 섞인 소리가 흘러나왔습니다. 27개 팀 중 27번째였거든요. 나가노 현 대회와 마찬가지로 또다시 가장 마지막 순서였습니다. 게다가 이번에는 양봉부 직전에 발표하는 세 팀 모두가 우승 예상 후보로 점쳐지는 강호였고요.

이 세 학교는 거의 매해 전국 대회에 출전했고, 거의 매번 상위에 오른 팀입니다. 주제도 다들 흥미로워 보였습니다. 아무리 생각해도 이길 자신이 없었죠.

"괜찮아. 다른 학교는 다른 학교고, 우린 우리 발표를 하자."

다들 고우미의 말에 고개를 끄덕이며 마음을 다잡았습니다.

개회 선서에 이어 드디어 연구 과제 발표가 시작됐습니다. 후지미 고등학교 양봉부가 출전한 '문화·생활' 부문의 첫 번째 주자는 규슈 지구 대표 후쿠오카 현립 후쿠오카 농업고등학교입니다. 이 팀은 비영리법인을 설립해 일반 기업과 함께 음식에 관한 활동을 활발히 펼치고 있었습니다. 〈지금, 우리들이 할 수 있는 일〉이라는 제목의 발표는 무척이나 훌륭했지요.

연구 과제 발표가 순조롭게 진행되던 가운데, 유달리 더 큰 박수를 받은 팀이 있었습니다. 주고쿠 지구 대표, 야마구치 현립 헤키노우 농업고등학교였습니다. 헤키노우 농업고등학교는 다른 고등학교와 통폐합이 결정됐다고 합니다. 내후년으로 100년에 가까운 역사가 막을 내리게 됐다는 이야기였지요. 유종의 미를 거두기 위해 출전했다는데 발표에서 놀라운 기백과 함께 진정성이 느껴졌습니다.

"너희들, 이제 슬슬 가야 할 시간이다."

부원들이 객석에서 다른 학교의 발표를 보고 있는데 기타하라 선생님이 시간을 알려 줍니다. 하지만 늘 그렇듯 선생님은 여기까지, 대기실에는 동행하지 않습니다. 자신이 같이 가면 아무래도 아이들이 의지하게 되고, 긴장의 끈이 느슨해질 수도 있다고 생각한 것이지요.

'필요한 것은 전부 가르쳤다. 남은 건 스스로 극복하도록 해. 너희들이라면 분명히 할 수 있다.'

기타하라 선생님은 그런 마음으로 부원들을 배웅했습니다.

무대에서는 시코쿠 지구 대표, 에히메 현립 오즈 농업고등학교의 발표, 〈오즈의 나비난초에 새로운 생명을〉이 시작되고 있었습니다. 남학생 여덟 명으로 이루어진 팀이었는데, 가녀리고 사랑스러운 난초와 남학생이라는 기묘한 조합이 사람들의 흥미를 불러일으키고 있었습니다. 발표는 순조롭게 진행됐고 순식간에 8분 경과 종이 울렸습니다. 발표를 맡은 남학생 둘은 서로 눈빛을 교환하며 속도를 조절해 나갔습니다.

"이 귀중한 나비난초를 다음 세대에 남기고 싶다는 것. 이것이 우리들의 바람입니다."

"이상, 발표를 마치겠습니다."

그리고 마치겠습니다의 '다'와 거의 동시에 10분 경과 종이 울렸습니다.

"방금 전 발표는 9분 59초였습니다."

계시원의 발표에 대회장이 술렁였습니다. 전국 대회 정도의 수준 높은 경쟁에 진출한 것이라, 연구 과제 내용은 어느 팀이건 다들 우수합니다. 그래서 내용만으로 우열을 가리기는 무척 어렵죠. 발표에서 감점을 당하지 않는 것이 중요합니다. 그것이 입상을 위한 핵심이 되기 때문입니다. 전국 대회에 참가한 모든 팀이 제한 시간을 지키기 위해 필사적인 것도 그 때문이었지요.

잠시 후, 대회장에 다음 참가 팀을 소개하는 방송이 울려 퍼졌습니다.

"다음은 〈교토의 전통과 식문화·교토 채소 보급을 위한 도전〉이라는 제목으로 긴키 지구 대표, 교토 부립 가츠라 농업 고등학교가 발표하겠습니다."

깃 언저리에 귀여운 리본을 매단 재킷 차림의 여학생들이 무대에 올랐습니다. 교토 부립 가츠라 농업고등학교는 직전 팀과 달리 여학생들로만 꾸린 팀이었습니다.

"잘 부탁드립니다!"

여학생들의 목소리가 대회장을 울리자 공간의 분위기가 한 순간 밝고 흥겨운 분위기로 뒤바뀝니다. 가츠라 농업고등학교 팀의 발표는 박력 있던 오즈 농업고등학교와는 정반대로 부드러운 느낌이었습니다.

무대 옆에서 발표를 지켜보던 후지미 고등학교 양봉부원들이 드디어 발표에 나설 순간이 다가왔습니다.

"다음은 〈후지미 꿀벌 마을 대작전─사람과 꿀벌과 자연, 모두에게 좋은 지역 만들기〉라는 제목으로 호쿠신에쓰 지구 대표 나가노 현 후지미 고등학교가 발표하겠습니다."

고우미를 선두로 양봉부가 무대에 올랐습니다. 옆으로 나란히 서서, 호령에 맞춰 관객석을 보며 인사했죠.

"그럼 이제 준비를 시작해 주십시오."

사회자의 말을 신호로 양봉부원들은 얼굴을 서로 마주 보며 가볍게 고개를 끄덕였습니다. 그러고는 저마다 자리로 갔습니다. 후배들은 무대 옆으로 자리를 옮겼고 무대 아래로 내려간 우에노는 책상 위에 노트북을 설치합니다. 그와 동시에 계시원이 초시계를 눌렀습니다. 준비 시간 3분이 시작되었습니다.

우에노는 노트북을 켜고 무대의 대형 화면에 영상 자료를 띄워 봅니다. 무대에 남아 있던 고우미와 모모네는 가볍게 마이크 상태를 살핍니다. 우에노가 무사히 영사 시험을 마치고 무대 쪽으로 신호를 보냅니다. 제한 시간 안에 모든 준비가 끝났습니다.

"자, 이제 발표를 시작해 주십시오."

사회자의 말에 모모네는 크게 숨을 내쉽니다. 그리고 첫 문장을 마이크로 흘려보냅니다

모모네 : 지금, 또 하나의 일본 문화가 사라져 가고 있습니다. 바로 일본 토종벌입니다. 자연과 환경 보존에 대한 세계적 관심이 높아지고 있는 지금, '생물 다양성 회의COP10'에서 국제적인 주목을 끌었던 것

이 바로 우리 고유의 생물, 일본 토종벌입니다. 보통 꿀벌이라고 하면 꿀을 따기 위해 들여온 서양벌이 일반적입니다. 하지만 토종벌은 일본의 재래종으로 지역의 자연과 농업을 지켜 온 존재입니다.

고우미 : 그러나 우리 대부분은 일본 토종벌의 매력을 모르고 있습니다. 또한 취미로 토종벌을 치는 사람들이 고령화되면서 토종벌과 공존하는 문화도 사라져 가고 있습니다. 이 문제를 해결하기 위해 후지미 고등학교 양봉부가 생각한 것이 바로

함께 : '후지미 꿀벌 마을 대작전'입니다!

이 말과 동시에 '후지미 꿀벌 마을 대작전'이라는 글자가 화면에 뜹니다. 배경은 꽃가루를 품고 만족스레 날고 있는 꿀벌 사진이었지요.

고우미 : 우리는 지역의 자원과 문화인 토종벌의 새로운 가능성을 발견했습니다. 그래서 꿀벌 처지에서 매력적인 지역을 만들겠다는 것을 목표로 삼았습니다.

　　1. 일본 토종벌이 있는 학교 만들기

　　2. 일본 토종벌을 중심으로 한 마을 만들기

3. 일본 토종벌과 함께하는 삶의 매력 알리기

올해는 이 세 가지를 목표로 양봉부 활동을 시작했습니다.

둘의 발표는 순조롭게 진행됐습니다. 핫치비에잇 설립부터 시작해 마을 사람들과 함께 일을 해내는 내용이 이어졌습니다.

고우미 : 그래서 농약을 쓰지 않으면서도 사철 꽃을 피워 내는 공간을 만들어 나갔습니다. 토종벌과 공존할 수 있는 지역을 만드는 일을 시작했지요.

모모네 : 지역민 가운데 참가자를 모집해 '후지미 꿀벌 도우미'를 선정했고, 그 각 가정과 후지미 고등학교, 유치원 같은 곳에 '벌들의 뜰'을 만들었습니다.

고우미 : 또한 벌통과 공존하는 프랑스 농가의 텃밭에서 실마리를 얻어, 지역의 빈 땅에 '꿀벌 텃밭Bee Potager'도 만들었습니다. 논두렁과 밭두렁, 제방 같은 곳에는 잡초 대책 면에서도 효과가 좋은 허브를 심어, 후지미초의 브랜드 벌꿀을 딸 수 있었습니다.

모모네 : 이런 우리의 활동이 이웃 농부와 지역민들에게 받아들여지면서 사람과 꿀벌 모두가 편안하게 지낼 수 있는 공간이 곳곳에 하

나둘 완성됐습니다. 그리고 이런 활동을 더 많은 사람들에게 알리고 싶었던 우리는

고우미 : 지역 공동체 활동을 해 나가기 시작했습니다.

모모네 : 도우미들끼리 정보를 공유할 수 있는 블로그를 만들자는 생각으로 블로그 강습회를 열었고, 후지미 마을 만들기 사이트에 블로그 꼭지도 넣었습니다. 그 결과 블로그 게시물이 활발히 올라오면서 집처럼 편안한 지역 공동체가 만들어졌습니다. 그 후 참가자에게 설문 조사를 한 결과

고우미 : '지역의 자연에 관심을 두게 되었다.'

모모네 : 이런 의견이 늘어났습니다. 지역과 자연에 대한 의식 수준을 끌어올릴 수 있었지요. 게다가

고우미 : '지역에 활기를 더하려면 어떻게 하는 것이 좋을까?'

모모네 : 라는 질문에는

고우미 : '더 많은 젊은이들의 힘이 필요하다.', '지역의 매력을 도시에 알려 주었으면 한다.'

모모네 : 는 의견이 많았습니다.

주거니 받거니, 연습한 대로 최선을 다해 발표를 이어 나갔습

니다. 듣는 이가 집중력이 흐트러지기 쉬운 중반을 잘 넘길 수 있었지요.

발표 중반, 고우미의 대사가 이어지는 사이, 모모네는 쥐고 있던 초시계를 슬쩍 봤습니다. 그 순간 "앗!" 하고 소리를 지를 뻔했습니다. 초시계에 '0'이라고 찍혀 있었기 때문입니다. 시작 단추를 깜빡하고 누르지 않았던 것이지요.

출전한 팀 거의 대부분이 초시계를 들고 무대에 오릅니다. 10분이라는 제한 시간을 지키기 위해, 발표 중간중간 점검하며 속도를 조절해 나가는 것이지요. 고우미와 모모네도 늘 그렇게 연습했습니다. 그런데 여기서 뼈아픈 실수를 하고 만 것이었습니다. 남몰래 공황 상태가 된 모모네. 동요한 나머지 이어진 발표에서 약간 버벅거리고 맙니다. 고우미는 의아한 눈짓을 보내다가 모모네가 슬쩍 내민 초시계를 보고는 사태를 깨달았습니다. 바로 그때 8분이 지났음을 알리는 종이 울렸습니다.

'큰일이다. 이대로라면 시간을 넘기겠어!'

이번에는 고우미가 허둥대기 시작했지요. 사실 두 사람에게는 8분이 지난 시점에 '이 내용까지는 꼭 마쳐야 한다.'는 것이 정해져 있었습니다. 그런데 그 내용까지 이르지 못한 채 8분이

지나고 말았던 것이었지요. 후배들은 초초함을 내비치는 선배들을 무대 옆에서 바라보고 있었습니다.

"왜 그러지?"

"어딘가 이상한데……"

서로의 얼굴을 바라볼 수밖에 없었습니다. 하지만 사유키는 까닭을 알 것 같았습니다. 사유키의 손에도 초시계가 들려 있었기 때문이지요.

'안 돼. 이대로라면 시간 초과야. 속도 조절해서 시간을 배분해 놨었는데, 무슨 일이지?'

그러나 어찌할 도리가 없었습니다. 선배들의 발표가 시간 안에 끝나길 기도할 뿐이었지요.

고우미는 당황했지만 모모네에게 눈빛으로 말했습니다.

'침착해! 괜찮아. 연습했던 수많은 날들을 떠올려 줘!'

고우미는 필사적이었지요. 모모네는 차츰 침착함을 되찾아 나갔습니다.

모모네 : 일본의 토종벌과 만나면서 우리의 지역 만들기는 시작됐습니다. 그리고 일본 토종벌은 우리와 다른 이들을 이어 준 다리 역할

을 해 주었습니다. 그리고 일본 토종벌의 새로운 가능성을 발판으로. 후지미 고등학교가 중심이 되어 지금 우리들이 아니면 불가능한 다양한 분야의 지역 만들기가 가능했습니다. 앞으로도 일본 토종벌과 함께

함께 : 멋진 꿀벌 마을을 만들어 가겠습니다!

모모네 : 이상으로 발표를 마치겠습니다.

사유키가 손에 든 초시계를 눌렀습니다. 시간은 9분 57초. 간신히 시간에 맞춰 끝낼 수 있었습니다.

"후지미 고등학교 여러분, 고맙습니다."

사회자의 말에 고우미와 모모네가 관객석으로 인사를 하자 잠깐 정적이 흐른 뒤 큰 박수가 터져 나왔습니다. 둘은 어리둥절해 서로의 얼굴을 쳐다봤습니다. 첫 출전, 아무도 신경 쓰지 않았던 후지미 고등학교가 늘 출전하던 다른 고등학교와 마찬가지로, 아니 그 이상으로 훌륭한 발표를 했다는 사실에 관객도 놀란 모양이었습니다. 어리둥절한 눈길을 돌리던 고우미는 객석에서 활짝 웃으며 박수를 치고 있는 기타하라 선생님을 발견했습니다. 거기서 처음으로 고우미는 "아아, 끝났구나."라며

가슴을 쓸어내렸지요.

다음 날, 오무라 시 시민회관 '씨햇 오무라'에 3천 명 가까운 학생, 교사, 그리고 관계자가 다시 모였습니다. 이곳에서 대회 폐막 행사와 함께 각 부문별 시상식이 열리기 때문입니다.

관악대의 연주에 맞춰 전국 대회 대회기, 일본 학교 농업 클럽 연맹기, 각 지역 연맹기가 입장했습니다. 다다미 두 장 넓이는 될 법한 큰 깃발을 펼쳐 들고 50명 가까운 학생들이 차례로 행진하는 광경은, 마치 진짜 고시엔인 '전국 고등학교 야구 대회'를 방불케 하는 장관이었습니다. 농업 클럽 연맹 대표의 인사말, 실행 위원장의 인사말에 이어 드디어 각 부문별 시상식이 거행됐습니다. 의견 발표, 평판측량, 가축심사 등 각 부문 상위 입상자가 불릴 때마다 대회장 여기저기에서 환호와 함성이 터져 나왔습니다. 그리고 기다리던 연구 과제 발표 부문.

"연구 과제 발표. '문화 생활' 부문. 최우수상은 주고쿠 지구 대표……."

발표가 채 끝나기도 전에 양봉부 옆에 있던 한 무리의 학생들이 환호성을 질렀습니다. 야마구치 현립 헤키노우 고등학교 여학생들이었지요.

"해냈다! 해냈어!"

"이 대회도 내년이면 마지막이구나."

서로 껴안고 울먹이는 여학생들. 그 모습을 멍하니 지켜보던 고우미는 서서히 몸에서 힘이 빠져나가는 느낌이었습니다.

'실패구나. 우승까지는 가지 못했어.'

비록 최우수상은 놓쳤지만 후지미 고등학교는 우수 학교 세 팀 중 하나로 선정됐습니다.

수상식에 이어 최우수 학교가 다시 한 번 무대에 올라 발표를 선보였습니다. 고우미는 일본 최고의 팀만이 설 수 있는 무대를 못내 아쉬운 마음으로 바라봤습니다. 그런 그의 어깨 위로 기타하라 선생님이 가만히 손을 올렸습니다.

"얼굴이 왜 그래? 상을 못 받은 팀을 생각해 봐라, 고우미."

"죄송해요. 하지만……."

'더 잘할 수 있었어. 좀 더 최선을 다했더라면 우승할 수도 있었다고.'

고우미는 그런 생각으로 입술을 깨물었지만 기타하라 선생님은 이런 말을 조용히 건넸습니다.

"고우미. 기억나지? 활동 기록부 전시 때, 사람들이 우리가 만든 기록부를 그리 많이 봐 주지 않았던 거."

시상 발표를 기다리며 잠깐 들렀던 활동 기록부 전시회 이야기였습니다. 전시 중이던 각 고등학교의 기록부 가운데 후지미 고등학교의 것이 가장 얇고 수수했습니다. 관람객들이 걸음을 멈추지 않고 스쳐 지나가는 것을 양봉부원들은 씁쓸한 마음으로 지켜봐야 했지요.

"기록부가 얇다는 건 그만큼 전통이 짧다는 얘기다. 핫치비에잇은 아직 젊어. 최우수상을 받기에는 아직 이르다는 말일 수도 있지. 전통이 있다는 건 지금까지 거기에 연관되어 온 사람도 많다는 이야기다. 그만큼 애정도 강할 수밖에 없고. 너희들이 앞으로 그 전통을 만들어 가면 되지 않을까? 이번 대회에서 느낀 기쁨과 아쉬움, 이런저런 경험을 네 뒤에 서 있는 후배들에게 전해 주면 되는 거다."

선생님의 말을 들으며 고우미의 마음은 차츰 고요해졌습니다.

"네. 선생님. 그렇게 하겠습니다."

무대에서는 최우수 고등학교의 발표에 이어 대회기를 물려받는 행사가 이어졌습니다. 농업 클럽 전국 대회는 1년마다 돌아가며 개최되는데 내년에는 나가노 현이 개최지로 선정되었습니다. 고우미는 나가노 현의 노래 '신슈의 땅'이 연주되는 가운데 나가사키 현 대표가 나가노 현 대표에게 묵직한 대회기를 건네는 모습을 지켜봤습니다.

고우미는 양봉부가 4위 안에 들었다는 게 기뻤습니다. 하지만 최우수상을 타지 못한 것이 못내 아쉽기도 했지요. 기쁘면서도 아쉽고, 다시 정말 기뻤지만, 역시나 아쉬운 마음이 큰 것도 사실이었습니다. 모두들 진짜 열심히 했기 때문입니다.

'내년에야말로 전국 제패!'

고우미를 비롯한 선배들의 마음은 사유키와 다른 후배들에게 그대로 전해졌습니다.

평생의 길을 열며

양봉부 일행은 전국 대회 상패를 가슴에 안고 후지미로 돌아왔습니다. 그런 이들을 기다리고 있던 것은 폭풍과도 같은 축하였습니다. 제일 먼저 학교로 달려와 양봉부의 건투를 축하해 준 이는 양봉부 선배 치하루와 하루미, 도네가와였습니다. 지도를 맡아 준 야마구치 씨와 나카무라 교수님, 꿀벌 백화의 아사다 씨한테서는 잇달아 축하 메일이 도착했습니다. 고바야시 지자체장도 만나고, 지역 홍보지와 인터뷰도 했습니다. 나가노 현청도 공식 방문했고요. 바쁜 나날이 한동안 이어지면서 신슈의 가을도 깊어 갔지요. 그 무렵 3학년들은 진로 문제와 맞닥뜨렸습니다.

"어떻게 할지 결정했어?"

"아니, 아직."

이런 대화가 고우미와 모모네 사이에서 매일처럼 오갔습니다. 둘 다 막연하게 대학에 가고 싶다는 마음은 있었습니다. 하지만 구체적으로 어느 대학 어느 학부를 선택해야 할지 헤매는 중이었지요.

남학생 셋 중 가장 성적이 좋았던 우에노가 진로를 결정한 것도 그 무렵이었습니다. 우에노는 대학 진학이 아닌 취업을 결정했습니다. 우에노가 선택한 것은 다테시나 양봉, 놀랍게도 전업 양봉가가 되는 길이었습니다. 우에노의 결정은 고우미와 모모네뿐만 아니라 선생님들, 후배들, 그리고 치하루도 깜짝 놀래켰지요. 양봉가의 생활이 회사원 생활과 크게 다르다는 것은, 일자리 체험으로 다테시나 양봉을 경험했던 치하루도 잘 알고 있었습니다. 게다가 다테시나 양봉은 고정 양봉이 아니라 이동 양봉 방식이라 꽃이 피는 철을 좇아 일본 열도를 옮겨 다녀야 합니다. 한 해의 절반 정도는 집으로 돌아올 수 없습니다. 옮겨 간 지역에서는 미리 계약한 농가의 별채에서 숙식을 해야 하고, 그마저도 없는 곳이라면 텐트에서 먹고 자야 했습니다. 꿀벌과 생활하는 매일이 즐거울 수야 있겠지만 평생을 걸기에는 너무 힘든 선택일 수도 있었습니다. 그런 생각에 치하루는 우에노를 만나 보기로 했습니다.

"우에노. 다시 한 번 잘 생각해 보는 게 어떨까?"

그러나 우에노의 결심은 흔들리지 않았습니다. 이야기를 들어 보니 이미 부모님을 설득해 허락까지 받은 상태였지요. 우에노의 굳건한 의지를 본 이상, 치하루도 그 결정을 인정하고 응원할 수밖에 없었습니다.

"치하루 선배한테 힘내서 열심히 하라는 말을 들었어."

우에노는 기쁜 얼굴로 선배와 만났던 일을 얘기했습니다. 고우미와 모모네는 그런 우에노가 어쩐지 존경스러웠습니다. 주저 없이 꿈을 향해 달려가는 친구가 어딘지 갑작스레 어른스러워 보였습니다.

그 얼마 후, 모모네도 진로를 결정했습니다. 니가타 대학 농학부에 원서를 넣기로요. 풍토와 지역 자원을 활용해 지역에 활기를 더하는 방법을 배울 수 있다는 점, 다양한 자격을 얻을 수 있는 프로그램이 있어 농업계 대학 가운데 취업률이 높다는 것이 이유였습니다.

혼자 남은 고우미는 초조한 마음에 기타하라 선생님한테 상담을 청했습니다.

"정말 고민이에요. 막연히 대학에 가고 싶기는 한데, 우에노처럼 구체적으로 '나는 이런 일을 하고 싶다.'는 것이 없어서……."

어찌할 바를 몰라 혼란스러워하는 고우미에게 선생님은 웃으며 말했습니다.

"그런 게 아직 없어도, 괜찮지 않을까?"

"네? 하지만……."

"물론 대학 진학이란 돈과 시간을 들여야 하는 일이다. 명확한 목표도 없이 대학에 간다는 건 사치스러운 일일지도 몰라. 하지만 고우미, 생각해 봐. 양봉부만 해도, 처음에는 마음에 썩 내켜 하지 않았잖아? 그런데도 너는 누구보다도 열심히 했다. 하고 싶은 일이란 의외로 그런 식으로 찾아지는 경우도 많다고 보는데?"

그러자면 자신의 마음을 제대로 바라볼 줄 알아야 한다, 조금이라도 흥미가 있는 세계에 몸을 두고 다양한 경험을 해 보는 일이 중요하다고 선생님은 그렇게 말했습니다.

고우미는 지금까지 살아온 삶을 되돌아봤습니다. 고등학교 시절 가장 많은 추억이 남은 것은 아무래도 양봉부 활동이었습니다. 그 중에서도 세미나 참석 차 도쿄에서 온 사람들에게 후지미를 안내하던 때가 떠올랐습니다. 양봉부 부장으로서 지역을 알린다는 것이 무척이나 즐겁고 뿌듯했습니다.

'그런 식으로 지역의 장점을 다른 지역 사람들에게 알릴 수 있다면? 그런 진로를 고른다면?'

고우미는 자신이 원하는 것을 찾은 듯했습니다. 자신이 지역의 자연환경이나 관광을 활용해 지역을 살리는 일에 흥미가 있다는 것을 깨달았던 것이지요. 그리고 고우미는 졸업 후에도 양봉부 활동을 계속하고 싶었습니다. 그래서 나가노 현 안에 있는 대학으로 범위를 좁혔습니다. 이 모든 것들을 고려해 고우미는 나가노 대학 관광학부에 원서를 넣기로 결정했습니다.

입시를 준비하며 가열한 날들을 보낸 뒤 맞이한 수험 당일. 고우미는 책상 서랍에서 네 번 고이 접어 둔 편지를 꺼냈습니다. 농업 클럽 전국 대회 직전, 기타하라 선생님에게 받은 편지였습니다.

"고우미 군에게. 지금까지 정말 수고 많았다. 결국 여기까지 왔구나."

이런 격려의 말로 시작한 편지는 "오늘, 후지미의 저력을 보여 주기 바란다. 자, 당당하게 무대에서 하고 싶은 대로 다 하고 와라!" 하는 말로 끝이 나 있었습니다. 웃는 얼굴 그림이 그려진 선생님의 편지를 보고 있으니 고우미도 마음속에서 힘이 불끈 솟았습니다. 필사적으로 긴장과 싸워 가며 치렀던 전국 대회라는 큰 무대를 생각하니 그 어떤 면접이라도 잘 해낼 수 있을 것 같았습니다. 고우미는 지갑 속에 그 편지를 접어 넣고 "아자!" 하는 기합과 함께 집을 나섰습니다. 그리고 얼마 후 고우미는 합격 통지서를 받았습니다.

이제 남은 사람은 모모네 한 사람이었습니다. 면접시험을 앞둔 모모네는 그 즈음 머릿속이 복잡했습니다. 최선을 다하고 싶었던 터라 몇몇 선생님한테 면접 지도도 받았습니다. 그런데 그

것이 도리어 혼란을 일으킨 거죠. 실패하면 안 된다는 부담감까지 얹혀 불안한 상태로 면접 전날 밤을 맞이했습니다.

"손수건은 챙겼나? 수험표는? 알람 시계는 확인했겠지?"

고우미가 문자를 보내왔습니다. 마치 부모가 아이 대하듯 장난스러운 질문으로 말문을 열고는 대수롭지 않은 말투로 메시지를 맺었습니다.

"자, 긴장하지 말고, 면접 가거들랑 꿀벌님과 나눈 추억이라도 이야기하고 와라."

잠시 후 고우미의 휴대전화에 모모네가 보낸 답 문자가 도착했습니다.

"할 수 있는 건 다 했다. 여기까지 왔으니, 뭐 어떻게든 되겠지."

참으로 담담한 답장이었지요. 그렇지만 사실 그때 모모네는 고우미의 다정한 마음에 감동해 살짝 눈물이 날 정도였습니다. 하지만 고맙다는 말은 하지 못했지요. 표현에 좀 서툰, 남학생들끼리의 우정이니까요. 그리고 후지미 고등학교의 꿀벌이 새로운 생명을 키워 나갈 무렵, 모모네도 니가타 대학에서 합격통지서를 받았습니다.

양봉부가 맞이하는 두 번째 봄. 이별의 계절이 다가오고 있었습니다.

고맙습니다, 선생님

2013년 3월 2일. 후지미 고등학교는 제 64회 졸업식을 맞이했습니다. 오늘 졸업하는 학생은 98명. 그 안에 고우미, 모모네, 우에노도 있습니다.

체육관에서 졸업식이 끝난 뒤, 기타하라 선생님과 양봉부원들은 작년과 마찬가지로 시청각실에 모였습니다. 양봉부만의 졸업식. 지금까지 찍어 둔 사진을 화면에 띄워 모두 함께 한 해 활동을 되돌아보기 위해서였지요.

신입생 모집, 뜰 만들기, 첫 분봉, 그리고 농업 클럽 전국 대회. 시청각실은 피어오르는 추억담으로 떠들썩했습니다. 이별의 기운이 가득한 가운데, 선생님도 부원들도 일부러 더 밝게 웃고 떠들고 행동하고 있었지요. 사진이 한 장, 또 한 장, 시간을 거슬러 올랐고, 시간을 거꾸로 세기라도 하듯, 세 장, 두 장, 그리고 마지막 한 장. 눈앞에 펼쳐진 새하얀 화면을 선생님은 묵묵히 바라볼 뿐이었습니다.

창문 가리개를 걷고 교실이 환해지자 졸업생 셋이 의자에서 일어나더니 교단 앞에 나란히 섰습니다.

"선생님. 잠시만 저희 앞에 서 주시겠습니까?"

고우미의 갑작스러운 요청에 선생님은 당황했지요. "어? 무슨 일이야? 왜 그래?" 하며 선생님은 졸업생과 마주 섰습니다.

"표창장."

고우미는 종이 한 장을 눈높이까지 들고 읽어 내려갔습니다.

"꿈을 실현시켜 준 상. 기타하라 도시후미 선생님."

고우미는 옆에 있던 우에노에게 종이를 넘겼습니다.

"선생님은 우리의 미래를 자신의 일처럼 고민해 주셨고, 꿈을 이룰 수 있게 해 주셨습니다."

그리고 다시 종이는 옆에 있던 모모네에게 넘어갔습니다.

"여기에 그 감사의 마음을 담아 전합니다. 고맙습니다. 선생님."

그 종이의 정체는 바로, 졸업해 학교를 떠나는 남학생 세 사람이 기타하라 선생님께 보내는 감사장이었습니다.

셋이 이 표창장을 드려야겠다는 생각을 떠올린 것은 나가노 현 대회로 거슬러 올라갑니다. 나가노 현 대회에서 최우수상을 받았을 때, 상장에 부원 열 명의 이름은 있었지만 선생님의 이름은 없었기 때문입니다. 양봉부가 시작되고 2년 동안, 하루도 쉬지 않고 학교에 나와 부원들과 함께한 선생님입니다. 부원들이 하고자 하는 일은 믿고 맡기며 언제나 따뜻한 눈으로 지켜봐 주었던 선생님. 양봉부를 위해 가장 열심히 노력한 사람은 다름 아닌 선생님이었습니다. 그런 선생님에게 상장 한 장이 없다니. 그래서 졸업생들이 드리기로 한 것이었지요.

선생님은 어리둥절한 얼굴로 표창장을 받았습니다. 그런데 표창장 내용에 눈길이 닿자마자 반사적으로 이런 말이 튀어나왔지요.

"뭐냐. 이 못난 글씨는!"

사실 고우미와 우에노는 양봉부에서 으뜸가는 악필이었습니다. 원래 계획은 그나마 글씨에 자신이 있다는 모모네가 연필로 밑 글씨를 쓴 다음 사인펜으로 차근차근 따라 쓸 생각이었습니다. 그런데 제일 첫 두 줄을 맡은 고우미가 갑자기 글자를 크게 써 버리는 바람에 옆 칸을 침범하고 말았지요. 그 다음 차례인 우에노는 글씨를 조금 작게 쓸 수밖에 없었고, 마지막으로 모모네가 어떻게든 정리하면서 정말이지 난장판 표창장이 되고 말았습니다.

"너희들 말이야, 제발 부탁이니까 글씨 연습 좀 해라."

한숨을 쉬는 선생님을 보고 졸업생들은 허둥댔습니다.

"선생님, 그래도 이건 좀 아니죠."

"맞아요. 선생님. 그런 말은 꼭 지금 하지 않으셔도⋯⋯."

남학생 셋은 불쌍한 표정을 지어 보였습니다. 슬픈 이별 장면에서 갑자기 분위기가 바뀌어, 시청각실은 웃음으로 가득 찼습니다. 그리고 그때 고우미는 상장을 받아 든 선생님의 떨리는 손을 보고 말았습니다.

졸업생들의 가슴에도 억누르고 있던 섭섭함이 몰려들었습니다.

"선생님⋯⋯. 고맙습니다. 정말 고맙습니다!"

양봉부 2년 차, 두 번째 졸업. 이렇게 해서 고우미, 모모네, 우에노는 후지미 고등학교를 떠나 세상으로 나갔습니다. 그리고 양봉부는 딱 한 명 남은 2학년 부원, 사유키에게 맡겨졌습니다.

양봉부 핫치비에잇 3년째

세 번째 봄을 맞아

2012년 4월, 양봉부는 세 번째 봄을 맞아 새로운 모습으로 활동을 시작했습니다. 올해는 사유키가 부장입니다. 그런데 사유키는 부장이라는 자리에 당혹감을 느끼고 있었습니다.

사유키는 위로 언니를 하나 둔, 순수하고 밝은 막내입니다. 양봉부에서도 선배들을 순순히 따라가는 편이었지, 상급생으로서 후배들을 끌어가는 것은 어색해했습니다. 그런 성격을 본인은 물론 주변 사람들도 잘 알고 있습니다. 3학년이 사유키 혼자라 당연한 것처럼 부장이 되었지만, 2학년이 된 부원들 사이에서도 "사유키 선배가 잘 끌어갈 수 있을까?" 하는 걱정이 있는 모양이었습니다. 그리고 그런 후배들의 마음을 사유키도 너무나 잘 알고 있었습니다. 그것이 스스로를 움츠리게 했습니다.

'나는 후배들한테 치하루 선배나 고우미 선배만큼 신뢰받지 못하고 있어. 후배들이 나를 우습게 보고 있는 건 아닐까?'

결국 사유키는 후배들에게 벽을 쌓게 되었습니다. 자신감 있어 보이려고 일부러 강하게 말을 하기도 했고, 뭔가 힘든 일이 있어도 약한 구석을 보이면 안 된다는 생각에 입을 다물게 되었지요. 마음을 터놓고 고민을 말할 수 있는 사람은 엄마뿐이었습니다. 사유키로서는 편치 않은 날들이 계속됐지요.

한편 2학년 중에도 속을 끓이는 부원이 있었습니다. 양봉부 차장이 된 유리였습니다. 유리는 책임감이 강하고 주변 사람들을 잘 배려하는 똑 부러진 성격이었습니다. 선배들이 그런 면을 높이 사 차장으로 발탁한 것이었지요. 하지만 당사자로서는 아닌 밤중에 홍두깨 같은 일이었습니다.

사실 유리는 무대 공포증이 심해 사람들 앞에 나서서 이야기하는 것을 두려워했습니다. 다른 부원들과 이야기하는 것도 그리 잘하는 편이 아니었습니다. 책임이 무거워지는 게 싫었고, 차장을 맡았으니 내년에는 부장을 맡게 될지도 모른다는 걱정도 들었습니다.

'나 같은 사람보다는 밝고 시원시원한 시오리가 더 잘 맞을 텐데……'

급기야 유리는 스스로를 친구들과 비교하며 자기혐오에 빠지기 시작했습니다.

그리고 또 한 사람, 불편한 마음으로 양봉부를 오가는 2학년 부원이 있었습니다. 3개월 전 양봉부에 들어온 브라질계 일본인 윌리엄입니다. 윌리엄은 부모님 직장 때문에 열두 살에 일본으로 건너온 친구였습니다. 브라질은 양봉이 활발한 나라라, 윌리엄도 후지미 고등학교에 막 들어와서는 양봉부 활동에 흥미를 보였습니다. 하지만 동아리 가입으로 이어지지는 못했지요. 그런 그를 관심 있게 지켜본 사람이 고우미였습니다.

"양봉은 빈 벌통 만들기라든가 목공 작업이 많아. 부탁한다, 윌리엄. 양봉부에는 남자가 필요해."

그렇게 반강제로 양봉부에 들어오게 되었지요. 하지만 얼마 지나지 않아 고우미를 비롯한 남자 선배들이 모두 졸업해 나가 버리는 바람에, 윌리엄은 '양봉부에 남은 단 한 명의 남자'가 되고 말았습니다. 그리고 힘 쓰는 일을 억지로 떠맡는다거나, 지지배배 떠드는 여학생들 사이에 끼지 못하는 따위로, 동아리 안에서 기를 못 펴는 생활이 계속됐습니다.

이렇듯 저마다 서로 다른 마음을 품고 시작한 3년 차 양봉부였습니다. 모두에게 주어진 첫 과제는 신입 부원 모집이었지요.

작년과 마찬가지로 전체 동아리 소개 자리에서 슬라이드를 활용해 동아리 활동을 설명했고 거기에 덧붙여 올해는 〈꿀벌 씨 극장〉도 공연했습니다. 그런 다음에는 1학년에게 개별적으로 동아리 가입을 권하기로 했습니다.

가입 권유 활동은 작년보다 손쉬운 편이었습니다. 이름난 동아리가 되었기 때문이지요. 제일 먼저 동아리에 들어온 학생은 입학 전부터 양봉부 활동을 알고 있던 미노리였습니다. 미노리는 자연을 좋아하는 여학생으로, 중학교 때 농업 문화제에서 양봉 연구 발표를 하던 치하루를 보고 마음이 끌렸다고 했습니다. 후지미 고등학교에 입학하면 양봉부에 들어가야겠다고 이미 정해 둔 친구였지요.

다음으로 양봉부에 들어온 학생은 이토였습니다. 이토는 시오리와 가까운 곳에 살아서 양봉부 활동을 익히 들어 알고 있었습니다.

"꿀벌님, 얼마나 귀여운지 몰라."

하도 여러 번 이런 이야기를 듣다 보니 자기도 언제부턴가 꿀벌을 키워 보고 싶다는 생각을 하게 됐다고 했습니다.

세 번째 신입 부원은 나중에 5대 부장이 되는 나나코였습니다. 나나코는 동물을 좋아하는 여학생으로, 집에서 도롱뇽과 아홀로틀멕시코 도롱뇽 같은 특이한 반려동물을 키우고 있었습니다. 특별히 꿀벌을 싫어하는 건 아니지만 벌꿀은 별로라 먹지 않는다던 여학생이었습니다. 나나코는 입학하면서 하이테크부에 들어갈 생각이었습니다. 당연히 양봉부의 권유에 시큰둥했지요. 그런데 유리가 몇 번이나 권하며 이야기를 해 오자 결국 발을 들이게 되었습니다.

"음, 그럼 일단 분위기만 보러 갈게요."

이렇게 말하던 나나코가 나중에 양봉부 부장이 되고, 결국에는 꿀벌 연구로 유명한 다마가와 대학에 가게 될 줄이야. 이때만 해도 아무도 상상할 수 없는 일이었지요.

그리고 마지막으로 양봉부에 들어온 학생은 파라과이에서 태어난 오야마였습니다. 2년 전 일본으로 건너왔는데 중학교 때는 자칭 불량소년이었다고 합니다. 중학교를 졸업하고 곧장 취직할 생각이었는데 직장을 구하지 못해 후지미 고등학교에 왔다는 조금 특이한 이력의 소유자였지요. 양봉부에서는 오야마와 나나코를 꼭 데려오고 싶었습니다. 입학생들 중에 그 두 사람이 우수한 학생이라는 소문이 돌았기 때문입니다. 그래서 나나코는 유리가 맡고 나머지 부원들이 오야마를 맡기로 했지요. 처음에 오야마는 전혀 내켜 하지 않았습니다. 양봉부 선배들이 매일같이 교실로 찾아와 "오야마 군 있습니까!" 하고 큰소리로 불러 대는 것에 질려 하고 있었지요. 그러나 결국 그는 양봉부원들의 끈기에 져서 동아리에 들어오기로 결정하고 말았습니다.

신입 부원은 총 다섯 명, 남학생 둘에 여학생 셋입니다. 이 사실에 누구보다 기뻐한 이는 윌리엄이었습니다. 드디어 친구가 생긴 데다가 '단 한 명의 남학생'에서 해방될 수 있었거든요.

그렇다고는 해도 남자가 소수파인 것에는 변함이 없었습니다. 여자들만 가득한 공간에 있기 불편해지면 남학생 셋은 목공실로 몸을 피하고는 했습니다. 오야마의 모국어는 포루투갈어, 윌리엄의 모국어는 스페인어라, 서로 어느 정도 대화를 나눌 수 있어서, 여학생들이 들으면 곤란한 이야기는 모국어로 속닥대는 경우도 종종 있었습니다. 남자 부원들은 암컷이 벌집 안에서 권력을 지니고 있는 꿀벌 무리를 빗대어 "우리도 꿀벌님과 마찬가지야." 하며 쓸쓸하게 웃고는 했지요.

한편 후배를 맞이하면서 선배들도 바뀌기 시작했습니다. 제일 먼저 리사한테서 변화의 조짐이 나타났습니다. 1학년 신입 부원을 맡아 이끄는 역할을 맡고는 일단은 무조건 후배들에게 말을 걸고 먼저 다가가려고 노력했습니다. 지난해 같은 역할을 맡았던 우에노 선배를 염두에 두었죠. 사실 그때는 누구에게 든 다가와 말을 건네던 우에노를 '좀 귀찮은 선배야.' 하고 느꼈 습니다. 그런데 돌이켜 보니 그런 우에노 덕분에 1학년들도 쉽 게 양봉부에 섞일 수 있었고 동아리 활동을 즐길 수 있었던 겁 니다. 곁에 없고 나서야 알게 된 고마움. 리사는 '나도 우에노 선배처럼 후배들을 대해야겠다.'고 결심했습니다. 그리고 이런 리사의 변화는 다른 부원들의 변화에 마중물이 되었습니다.

차장인 유리는 무대 공포증을 극복하고 대화하는 힘을 키우 기 위해 애쓰기 시작했습니다. 동아리 활동 전에 기타하라 선 생님과 만나 오늘 어떤 동아리 활동을 할지 의논한 뒤 그것을 부원들에게 전하는 역할을 맡았습니다. 사실 그 일은 작년까지 만 해도 부장이 하던 일이었습니다. 조금이라도 사유키의 부담 을 덜어 주려는 유리 나름의 배려가 깔린 행동이었지요.

사유키도 변했습니다. 자신을 순수하게 믿고 따르는 1학년 부원들을 만나게 되면서 부장이라는 자각과 함께 여유도 생겼습니다.

'나는 치하루 선배나 고우미 선배와는 달라. 남을 의식할 필요 없다고. 나는 나로 충분해.'

사유키는 허세를 내려놓았습니다. 못하는 일은 못한다고 말했습니다. 힘든 일이 있으면 부원들에게 부탁하고 의논했습니다. 그리고 납득이 가지 않는 일이 있으면 끝까지 파고들어 부원들과 이야기를 나누었습니다. 사유키가 바뀌어 가는 모습을 본 2학년 부원들은 점차 사유키를 믿고 따르게 되었지요.

아이를 키우면 부모도 자랍니다. 선배 꿀벌들도 후배들을 맞이하면서 한 단계 더 확실하게 성장해 나갈 수 있었습니다.

지역민과 함께 벌꿀 산책

우리는 우리가 사는 동네에 어떤 꽃이 피고 지는지 알고 있을까요? 양봉부원들은 길거리에 피어 있는 꽃을 관찰하고 꿀벌이 어떤 꽃을 찾는지 살피며 천천히 거니는 것을 '벌꿀 산책'이라고 불렀습니다. 마을을 둘러싼 자연에 대한 흥미가 깊어진다는 것, 자연과 함께하며 몸도 마음도 느긋이 쉴 수 있다는 것이 벌꿀 산책의 매력입니다.

양봉부는 작년에 지역민들 도움을 받아 '밀원 달력'을 만들었습니다. 후지미에서 자라는 밀원 식물을 나무, 들풀, 채소, 마당 식물 이렇게 네 종류로 나눈 뒤 꽃 피는 시기를 월별로 정리한 달력입니다. 양봉부는 이 달력을 만들면서 후지미에 밀원이 줄어드는 시기가 있다는 것을 알게 되었고 철 따라 차례로 꽃을 피우는 뜰을 가꿔야 할 필요성도 다시금 확인하게 되었습니다.

후지미초는 이 활동을 뒤늦게 알고는 밀원 식물이 어떤 식으로 분포되어 자라고 있는지, 후지미 밀원 식물 분포도를 마련해 달라며 양봉부에 요청했습니다. 양봉부는 지역민들에게 다시 한 번 도움을 청해 밀원 식물이 자라는 장소를 조사해 보기로 했습니다

6월 20일 토요일. '엄마 아빠와 함께하는 벌꿀 산책'에 나섰습니다. 아이들이 엄마 아빠와 한가롭게 걸으며 주변에 자라난 식물과 함께 거기에 어떤 생물이 살아가고 있는지 살펴보는 행사입니다.

스무 가족 정도가 후지미 고등학교에 모였습니다. 지역 광고지나 인터넷 누리집을 통해 행사를 알게 된 사람들이었지요.

양봉부가 벌꿀 산책 길에 앞장섭니다. 걷기 시작한 지 얼마 되지 않아, 한 여자아이가 "아, 귀여워!" 하며 길거리에 피어 있던 작은 흰꽃으로 다가갑니다.

"언니, 이거 무슨 꽃이야?"

아이에게 질문을 받고 식물도감을 뒤적거리고 있는데 남성 참가자 한 분이 대신 대답해 주었습니다.

"이 꽃은 남방바람꽃이륜초이란다."

꽃줄기가 두 대 올라와 꽃을 피워서 이륜초라는 이름이 붙었다고 하셨지요.

"감사합니다. 대단하세요. 꽃에 대해 잘 아시네요."

부원들이 놀라자 남자분은 수줍은 듯 덧붙였습니다.

"나이 많은 사람들은 다 아는 꽃인데요, 뭐."

작년, 밀원 달력을 만들 때도 그랬지만, 지역에 핀 꽃은 역시 지역 사람이 가장 잘 압니다. 꽃 이름 말고도 곤충에 밝은 사람, 나무에 밝은 사람이 잇달아 등장했고, 보기 드문 나무나 꽃을 발견할 때마다 벌꿀 산책 참자가들의 분위기가 달아올랐지요.

다들 돗자리에 앉아 도시락을 먹은 다음, 오후에는 곤충을 그리거나 나뭇잎을 가지고 간단한 만들기 수업도 했습니다. 자연의 기운을 잔뜩 받고 몸과 마음에 생기를 가득 채운 하루였습니다.

며칠 후, 양봉부는 밀을 넣은 제품 만들기에도 도전했습니다. 밀이란 간단히 말해 꿀벌 집입니다. 일벌이 몸속에서 만들어 낸 물질로 벌집을 만드는데, 이 성분이 밀입니다. 벌집은 밀을 굳혀 가면서 만드는 것이지요. 꿀을 짜낸 벌집을 냄비에 넣고 끓여서 녹인 다음 불순물을 걸어 냅니다. 그 액체를 다시금 상온에서 굳히면 밀 덩어리가 만들어집니다. 밀은 보존성과 살균성이 뛰어난 자연 소재로, 화장품과 의약품을 비롯해서 아주 옛날부터 다양한 곳에 쓰이고 있습니다.

오늘은 그 중에서 밀초와 밀 화장품 만드는 걸 배워 보기로 했습니다. 이나 시에서 '와일드 트리'라는 유기농 가게를 운영하는 히라가 유우코 씨를 강사로 모셨습니다. 실습에 들어가기 전에 밀초에 대한 설명부터 들었습니다.

밀초는 파라핀으로 만든 일반 양초에 비해 그을음이 적다고 합니다. 또한 불이 오래가고 냄새를 없애 주는 데다가 촛농이 잘 흘러내리지도 않지요. 이처럼 실용적인 면에서도 뛰어나지만 가장 큰 장점은 초를 켰을 때 공간을 채우는 빛이 부드러운 것이라고 합니다. 밀초를 켜면 따뜻한 귤빛과 함께 달콤한 향이 은은하게 퍼집니다. 밀초 불빛에는 진정 효과도 있어 눈과 마음을 편안하게 해 준다는 것이 히라가 씨의 설명이었습니다.

곧바로 밀초를 만들어 보기로 했습니다. 일단은 꿀을 뜰 때 정제해 놓은 밀을 데워서 녹입니다. 틀이 될 유리컵 안에는 심지로 쓰일 두꺼운 실을 넣어 둡니다. 밀이 녹으면 컵에 적당히 부으면 끝. 잉크로 색을 넣어도 좋습니다.

"너무 귀엽다. 이거 사람들하고 겨울 행사 때 만들면 좋지 않을까?"

"도와주신 분들한테 선물하면 좋아하실 것 같아."

부원들이 이런 이야기를 나누는 사이 분위기는 점점 무르익었습니다. 밀초 만들기는 생각보다 어렵지 않았지요.

밀로 화장품도 만들었습니다. 밀과 함께 호호바나 금잔화, 유칼립투스, 라벤더처럼 향이 있는 고농축 오일을 넣고 따뜻하게 데워 녹이기만 하면 끝. 작은 병에 담아 식힌 다음 핸드크림이나 립크림으로 사용하면 됩니다.

밀이 이렇게 다양한 형태로 쓰일 수 있다니, 양봉부원들에게는 놀랍고 뿌듯한 하루였지요.

도쿄에 하루 벌꿀 음식점을 열다

올 봄, 도네가와는 조리학과를 졸업하고 다테시나 고원에 있는 프랑스 음식점 '오베르주 에스프와'에 취직했습니다. 에스프와는 1998년에 문을 연 식당으로, 후지키 노리히코 주방장의 창작 요리로 찾아오는 이들의 입맛을 사로잡고 있는 프랑스 음식점입니다.

양봉부원들은 양봉부 선배가 유명한 음식점에 들어갔다는 소식을 듣고는 '함께 요리 행사를 열 수 있다면 멋지겠다.'며 의욕을 내비쳤습니다. 양봉부는 매년 벌꿀이 들어간 음식을 개발해 왔고, 올해도 음식과 관련된 무언가를 해 보고 싶었습니다. 사유키가 이런 뜻을 도네가와에게 전하자 약간 자신 없어 하는 대답이 돌아왔습니다.

"글쎄다. 어떻게 될지 모르겠네. 아무튼 주방장님한테 물어볼게."

도네가와는 후지키 주방장이 받아 주지 않을 거라고 여겼습니다. 그런데 후지키 주방장은 양봉부 이야기를 듣더니 "재밌겠네. 꼭 함께하는 행사를 열어 보자."며 흔쾌히 수락해 주었습니다.

6월 어느 날. 양봉부는 마쓰모토 역 안에 있는 '마르셰'에서 간이 판매대 '허니 키친'을 열었습니다. 양봉부가 고안한 벌꿀 요리를 직접 만들어 파는 행사였지요. 만드는 법과 조리는 후지키 주방장이 자문을 맡아 주었습니다. 양봉부가 만든 음식은 세 가지였습니다. '허니허니 소프트', '벌꿀 돼지고기 덮밥', '허니 카라 짱 닭튀김'. 그리고 개점에 맞춰 〈꿀벌 씨 극장〉 공연도 준비해 행사는 대성황을 이루었습니다. 준비한 음식이 순식간에 다 팔리고 말았지요.

용기를 얻은 부원들 입에서 "이번에는 벌꿀 음식점을 해 보자!"는 의견이 나왔습니다. '허니 키친' 같은 간이 판매가 아닌, 제대로 된 가게에서 손님들에게 벌꿀 요리를 팔아 보자는 것이었지요. 매일이야 어렵겠지만 하루라면 양봉부원들 손으로도 가능할 것 같았습니다.

"그거 요즘 유행하는 고교생 레스토랑 같은 거 아냐? 좋다. 재밌을 것 같아!"

제일 먼저 찬성한 이는 리사였습니다. 자타 모두 인정하는 먹보로, 벌꿀 음식점은 당초 리사가 동아리에 들어오게 된 목적에도 들어맞는 '벌꿀을 먹을 수 있는 행사'였습니다. 의욕이 넘칠 수밖에요. 재밌는 것을 좋아하는 시오리도 해 볼 기세였습니다. 이야기는 그렇게 해 보자는 쪽으로 금세 정리됐습니다. 사유키와 유리가 기타하라 선생님과 의논해 보기로 했습니다.

"뭐? 이번에는 밥집이라고?"

선생님은 꽤 놀란 모양이었습니다. 음식점을 열게 되면 오가는 금액도 커지고 적자가 날 위험도 감수해야만 합니다. 그리고 가게를 빌릴 수 있을지 없을지, 음식은 누가 만들 것인지, 해결해야 하는 문제도 쌓여 있었습니다.

"동아리 회의에 붙여 보렴. 모두가 하고 싶다면 해 보면 되지."

걱정하면서도 선생님은 허락해 주었습니다.

방과 후 동아리실에서 표결에 부친 결과, 찬성이 다수표였습니다. 해 보기로 했습니다. 후지키 주방장도 도네가와에게서 이야기를 전해 듣고는 도움을 약속했지요.

"그런데 말이야, 벌꿀을 음식에 어떻게 쓰면 좋을까?"

음식점을 열자면 벌꿀에 대해 확실히 공부할 필요가 있었습니다. 그래서 양봉부원들은 마쓰모토 대학 영양관리학과에 간 하루미 선배에게 조언을 구하기로 했습니다. 하루미는 이야기를 듣더니 마쓰모토 대학의 한 교수님을 소개해 주었고, 부원들은 벌꿀의 영양소와 요리 방법에 대한 강의를 들었습니다. 아무래도 고등학생한테는 좀 어려운 내용이라 하루미는 양봉부가 이해하기 쉽도록 그래프와 요약본으로 정리해 주었지요. 선배들이 후배를 잘 챙기는 것은 양봉부 졸업생들의 공통된 특징이었습니다. 한편 도네가와도 후지키 주방장과 함께 벌꿀 음식점에 대한 이야기를 진행해 나갔지요. 얼마 후 양봉부와 에스프와 식구들의 첫 번째 회의가 열렸습니다.

우선은 역할 분담부터 정리했습니다. 양봉부가 차림표를 기획하고 준비한 다음 후지키 주방장과 함께 조리법을 다듬어 나가기로 했습니다. 그날 조리는 후지키 주방장을 비롯한 에스프와 식구들이 맡고, 양봉부원들은 음식을 나르며 손님들 시중을 들기로 했지요.

"구체적인 이야기로 들어가기 전에 먼저 말해 둘 것이 있어요. 손님에게 돈을 받는 이상 어설픈 마음으로 임해서는 안 됩니다."

후지키 주방장의 말에 부원들도 마음을 단단히 다잡았습니다. 후지키 주방장은 도쿄에서 나고 자랐습니다. 고등학교를 졸업하고 다테시나 고원에 있는 고급 음식점에서 요리를 배우던 중 신슈의 풍요로운 자연을 접하게 되면서, 신슈에서 거둔 재료로 손님들에게 따뜻한 감동을 전하고 싶다는 생각을 하게 됐습니다. 다테시나 고원에 숙박 시설을 겸한 프랑스 음식점을 열게 된 것도 그런 이유였지요. 그는 식당을 꾸리며 지역에서 생산한 농산물을 지역에서 소비하는 '지산지소^{地産地消} 운동'에도 활발히 참여해 왔습니다. 그런 의미에서도 양봉부의 여러 활동이 흥미롭게 다가왔던 것입니다.

"우선은 어떤 음식들이 좋을지 양봉부가 함께 고민해 보고, 다음에 만날 때 실제로 만들어 보기로 합시다. 저는 프랑스식 풀코스가 어떨까 생각하고 있습니다."

후지키 주방장으로서는 부원들의 생각을 존중하겠다는 배려였지만 부원들로서는 너무나 놀라운 말이었습니다. 차림표를 짤 수 있게끔 도와줄 거라 기대하고 있었으니까요. 부원들은 자신들의 손으로 풀코스 요리를 만들어야 될 줄은 꿈에도 몰랐지요. 그리고 일단 양봉부는 풀코스가 뭔지도 몰랐습니다. 부원 중 그 누구도 프랑스식 풀코스를 먹어 본 사람이 없었으니까요. 다음 모임은 열흘 뒤. 그 짧은 시간 안에 조리법을 고안해 낼 수 있을까요?

부원들은 일단 인터넷부터 뒤졌습니다. 풀코스가 어떤 것인지 알아야 했습니다. 전채, 샐러드, 수프, 빵, 생선 요리, 고기 요리, 디저트, 그리고 커피. 겁이 날 만큼 으리으리한 차림이었습니다. 그러나 이제 와서 그만둘 수는 없는 노릇. 일단은 각자 고민한 다음 자신이 고안한 음식을 그림으로 그려 보기로 했습니다.

그리고 다음 날.

"뭐, 뭐냐. 이건?"

선생님은 부원들이 들고 온 그림을 보고는 자기도 모르게 머리를 감싸쥐었습니다. 식빵을 육각형으로 잘라 벌집 모양을 낸 다음 벌꿀을 뿌린 '꿀벌의 집', 토마토와 당근 따위 채소 다섯 가지로 고기를 감싼 '채소로 감싼 미트볼' 등등. 너 나 할 것 없이 전부 애들 장난 같은 그림이었습니다. 전혀 맛있어 보이지 않았지요.

"근데 어쩔 수가 없었어요. 프랑스식 코스 요리 같은 걸 먹어 본 적이 있어야죠."

"이래 봬도 밤을 새서 생각한 거란 말이에요."

부원들은 불만스럽게 입을 삐죽댔지요. 아무튼 각자 그림으로 그린 음식을 집에서 만들어 보기로 했습니다. 완성된 것은 사진을 찍어 남기고 시식한 식구들의 감상평을 보고서로 정리하기로요. 보존 가능한 음식은 통에 넣어 학교로 가져오기로 했습니다. 모두 모여 먹어 본 뒤 맛과 모양, 벌꿀 활용도를 살펴 쓸 만한 음식을 가린 다음 바꿔야 할 점을 찾았습니다. 그걸 바탕으로 조리법을 가다듬어 다시 만들기를 반복했죠.

그렇게 열흘이 지나고 두 번째 만나는 날. 후지키 주방장과 도네가와가 후지미 고등학교로 찾아왔습니다. 양봉부원들은 긴장한 채로 두 사람을 맞이했습니다. 양봉부는 사슴고기 햄버거를 주요리로 풀코스를 만들어 가기 시작했습니다. 위험해 보이는 칼 솜씨로 분투하는 양봉부 후배들을 도네가와는 아슬아슬한 심정으로 지켜보았지요.

드디어 요리가 완성되고 시식 시간이 찾아왔습니다. 테이블 위에 놓인 요리를 유심히 바라보던 후지키 주방장은 하나하나 주의 깊게 맛을 보기 시작했습니다. 요리를 다 맛본 뒤 후지키 주방장은 나이프와 포크를 조용히 내려놨습니다.

"응. 됐어. 거칠기는 하지만 좋은 맛이 난다."

아무래도 합격점을 받은 모양, 양봉부원들은 가슴을 쓸어내렸습니다.

그때부터 양봉부원들은 후지키 주방장의 의견을 듣고 조리법을 여러 차례 고쳐 나갔습니다. 동시에 가게를 정하는 일도 진행해 나갔고요. '멋진 식당에서 해 보고 싶다.'는 부원들의 바람에 따라 도쿄 아오야마 근처의 식당 '안 카페'를 하루 빌리기로 했습니다. 후지키 주방장의 지인이 하는 음식점이지요. 부원들은 이 이야기를 듣고는 놀라서 다시금 마음을 다잡았습니다. 도시 사람들에게 후지미의 장점을 알릴 수 있는 좋은 기회였으니까요. '벌꿀과 지역의 식재료를 살린 음식을 만들자.'며 시행착오를 거듭한 지 두 달, 벌꿀 음식점의 최종 차림표가 정해졌습니다.

- 대지의은혜 ∣ 후지미 고등학교 텃밭 채소와 치즈를 넣은 샐러드

- 퍼지는향기 ∣ 벌꿀빵, 허브빵

- 알록달록 꽃가루밭 ∣ 차가운 채소 스튜

- 꿀벌의동정 ∣ 신슈 연어 포일 구이

- 내친구에게 ∣ 사슴고기 햄버거, 적포도주 조림

· 후지미의보석 ｜ 새빨간 루바브 미니 파르페

· 따뜻한휴식 ｜ 허브티

샐러드는 후지미 고등학교 텃밭에서 딴 채소를 풍성하게 넣어 만들었습니다. 샐러드에 뿌릴 드레싱은 벌꿀과 포도식초로 맛을 냈습니다. 빵은 두 종류로, 벌꿀을 섞어 구운 빵과 뜰에서 딴 허브를 넣어 구운 빵을 준비했습니다. 차가운 채소 스튜는 꿀벌이 뜰에서 화분을 모으는 모습을 떠올리며 고안했습니다. 디저트인 파르페는 후지미 특산품인 붉은 루바브^{서양 채소. 줄기에서 신맛이 나고 향이 좋다. 파이나 잼, 디저트를 만든다.}로 만들었습니다.

양봉부의 도전은 지역 홍보물과 지역신문에 실려 동네에도 알려졌습니다. 동네 사람들은 힘내라며 격려했고 그 중에는 "양봉부 활동에 써 주었으면 좋겠다."며 이름을 밝히지 않은 채 돈을 건넨 분도 있었습니다. 부원들은 이 도전을 통해 다시금 이곳 사람들의 따뜻함을 느끼게 되었습니다.

벌꿀 음식점 개장을 하루 앞둔 날이었습니다. 양봉부와 에스프와 일행은 도쿄로 떠났습니다. 처음으로 실물을 보게 된 안 카페는 멋지고 세련된 공간이었습니다. 오모테산도에서 가까운 최신 건물 지하에 자리 잡은 가게였지요.

곧바로 후지키 주방장과 에스프와 직원들은 주방에서 재료 손질을 시작했습니다. 양봉부원들은 도네가와 선배의 가르침 아래 음식을 나르는 연습에 돌입했고요. 내일은 양봉부만으로 홀을 책임져야 합니다. 일부러 찾아 준 손님들에게 실례를 범해서는 안 되겠죠. 음식을 옮기는 법, 식탁 위에 놓는 법, 그릇을 치우는 법 따위를 몇 번이나 연습했습니다.

음식 나르는 연습이 끝난 다음, 식탁마다 담당을 정해 차림판과 환영 인사가 담긴 카드를 올려 두었습니다. 손님들이 기뻐했으면 하고 부원들이 손수 만든 것들이었습니다.

착착 준비가 진행되는 가운데 혼자 불안해하는 부원이 있었습니다. 2학년 유카입니다. 사실 유카는 중학교 때 겪었던 어떤 갈등 때문에 사람을 대하는 일에 두려움이 컸습니다. 양봉부에 들어와 조금씩 나아지긴 했지만 아직까지도 노인이나 어린아이 말고 모르는 사람을 대할 때면 불편합니다. 요리를 좋아해서 조리법을 만들 때까지는 즐거웠지만, 손님을 맞아야 한다는 말을 듣고부터는 점차 마음이 무거워지기 시작했지요.

"……아무래도 못 할 것 같아."

유카가 한숨을 쉬자 유리가 다독입니다.

"괜찮아. 유카. 나도 모르는 사람과 이야기하는 걸 힘들어하던 사람이지만, 어떻게든 됐잖아? 양봉부 활동을 알릴 좋은 기회니까, 우리 힘내자."

유카는 고개를 끄덕였지만 끝내 얼굴이 밝아지지는 않았습니다.

다음 날, 일요일 11시 30분. 드디어 식당 문을 열었습니다.

"어서 오세요!"

양봉부원들은 밝은 얼굴로 손님을 맞이했습니다. 하루 벌꿀 음식점은 점심과 저녁, 시간을 정해 열기로 했고 각각 50명쯤 손님이 들었으면 했습니다. 손님이 40명 이하면 적자라는 말에 걱정했지만, 막상 뚜껑을 열어 보니 꽉 찼습니다. 손님 중에는 양봉부 활동을 도와주신 분들도 있고 소식을 듣고 일부러 나가노에서 와 준 분도 있었습니다.

식당 안내를 맡은 부원을 따라 손님들이 식탁에 앉는 모습을 유카는 기도하는 심정으로 바라봤습니다.

'제발 내가 맡은 자리에 아는 사람이 앉았으면…….'

그런데 유카가 맡은 자리에 앉은 이들은 그냥 보기에도 도시 사람 느낌이 물씬 나는 장년의 부부였습니다. 게다가 남편 쪽은 어딘가 깐깐한 느낌으로, 실수라도 하면 화를 낼 것 같아 보였습니다. 유카는 완전히 움츠러들고 말았지요.

후지키 주방장의 인사와 함께 식사가 시작됐습니다. 요리에 대한 설명이 끝날 무렵, 주방에서는 전채로 준비한 샐러드가 완성됐습니다.

"옮겨 주세요."

도네가와 선배의 목소리를 듣고 부원들은 차례차례 접시를 나르기 시작했습니다. 주눅이 든 채 유카도 샐러드 접시를 들고 부부가 앉은 자리로 갔습니다.

"후지미 고등학교에서 기른 채소로 만든 샐러드입니다. 맛있게 드세요."

작은 목소리로 말을 한 탓인지 남자분은 눈도 맞추지 않았습니다. 그저 묵묵히 음식을 먹기 시작했지요.

샐러드에 이어 차가운 채소 스튜, 신슈 연어 포일 구이가 놓였고 식사는 순조롭게 진행됐습니다. 살짝 긴장감이 흐르던 분위기도 점차 편안해지기 시작했지요. 하지만 사유키는 식당 안을 둘러보다가 '이대로라면 위험하다.'는 생각을 합니다. 부원들이 전부터 알고 지내던 손님들하고만 이야기를 나누면서 식탁마다 온도 차가 생겨나고 있었기 때문입니다. 모르는 사람과 이야기를 나눈다는 게 쉽지만은 않습니다. 누구든 용기가 필요한 일이지요. 하지만 그렇다고 몇몇 손님들하고만 친목을 다지고 끝낼 수는 없습니다. 도쿄에서 벌꿀 음식점을 연 의미가 사라지기 때문입니다.

사유키는 유리와 시오리에게 이런 뜻을 전했고, 둘은 다른 부원들에게 이야기를 전했습니다. 부원들은 곧 오늘 처음 본 손님들에게 일부러 다가가 적극적으로 말을 걸기 시작했습니다.

"이번 행사는 어디서 알게 되셨나요?"

"신슈에 가 본 적이 있으신가요?"

과감히 말을 걸었더니 손님들의 멋진 미소가 되돌아왔습니다. 이야기를 나눠 보니 다들 상냥하고 따뜻했습니다. 부원들은 마음이 놓여 손님들과 자연스럽게 대화를 즐길 수 있게 됐지요. 하지만 유카가 맡은 그 부부는 그다지 환한 얼굴을 보여 주지 않았습니다.

'내 응대가 부족해서 즐겁지 않으셨던 걸까?'

유카는 미안한 마음이 들었습니다.

음식이 모두 나오고 점심시간이 끝났습니다. 손님들이 차례차례 자리를 뜨는 가운데 그 부부가 유카에게 말을 걸어 왔습니다.

"저기…… 괜찮으면 사진을 좀……."

"아, 네. 알겠습니다."

유카가 카메라를 받아 들려고 하자 남자분은 고개를 저었습니다.

"그게 아니라, 오늘을 기념해 같이 사진을 찍었으면 좋겠습니다."

유카는 놀랐지만 근처에 있던 부원들을 서둘러 불러 모았습니다. 그리고 부부와 함께 기념사진을 찍었습니다.

"오늘 정말 고마웠어요. 즐거운 시간이었습니다."

아내분의 조용한 웃음이 유카의 마음에 스며들었지요.

저녁 식사도 무사히 끝났습니다. 손님이 모두 돌아간 뒤에 모두 모여 평가회를 열었습니다. 후지키 주방장의 사회로 한 명씩 돌며 자신의 생각을 말하는 자리였습니다. 즐거웠다, 좋은 경험이었다는 의견에 이어 사유키 차례가 돌아왔습니다.

"저는 뭔가 부족한 느낌이에요."

조심스러운 사유키의 말에 후지키 주방장은 의아한 얼굴이었습니다.

"왜 그런 느낌이 든 거지?"

"뭐랄까…… 성취감은 있지만 우리가 하고 싶었던 걸 제대로 하지 못한 것 같은 그런 느낌이 들어서요."

"너희들이 하고 싶었던 건 뭐였는데?"

"잘은 모르겠지만, 꿀벌이나 아름다운 꽃을 발견했을 때의 감동 같은 것, 뜨자마자 먹어 본 꿀의 따뜻함 같은 것, 자연과 가까이 살아가는 우리라서 전할 수 있는 무언가를 음식에 담아 전하고 싶었던 것 같아요. 그런데 그걸 잘 전한 건지 자신이 없어서요."

진지한 얼굴로 사유키의 말을 듣고 있던 후지키 주방장의 얼굴에 따뜻한 웃음이 퍼졌습니다.

"그게 가능하려면 더 많은 시간이 필요하겠지. 더구나 너희들은 전문 요리사도 아니니까. 너희들이 그걸 간단히 해치워 버린다면 우리 같은 요리사가 필요 없지 않겠니?"

"듣고 보니 그것도 그렇겠네요."

"중요한 것은 전달하고자 하는 마음이 아닐까? 그리고 호기심을 품고 도전하는 그 자체가 중요하다고 나는 생각해. 그리고 걱정하지 마. 너희들이 하고 싶었던 일은 여기 있는 도네가와가 해 줄 테니까. 일생 동안 말이지."

"네? 저, 저요?"

갑작스레 화제에 올라 허둥대는 도네가와의 모습에 부원들 사이에서는 웃음이 터져 나왔습니다.

벌꿀 음식점을 연 지 며칠이 지나고, 유카 앞으로 편지가 한 통 도착했습니다. 벌꿀 음식점에서 맞이했던 그 부부가 보낸 편지였지요. 편지 안에는 메모와 함께 행사 때 찍은 사진이 들어 있었습니다. 〈꿀벌 씨 극장〉 옷을 입은 유카를 가운데 두고 양 옆으로 부부가 나란히 선 사진이었습니다. 그런데 어찌 된 일인지 남편분은 카메라에서 눈을 피하듯 유카 반대쪽을 바라보고 있었습니다. 동봉된 메모에는 이런 글귀가 적혀 있었습니다.

"귀여운 옷을 입었던 유카 양. 저희 남편은 소녀들에게 유독 약해서 유카 양 반대쪽을 쳐다 보며 실례를 범하고 말았네요. 내년이면 3학년이 될 유카 양. 귀중한 체험을 바탕으로 크게 날아오르길 바랍니다."

메모를 읽은 뒤 유카는 후지키 주방장이 평가회에서 했던 말이 떠올랐습니다.

'중요한 것은 전하고자 하는 마음이 아닐까?'

양봉부는 벌을 치기만 하는 곳은 아닙니다. '고등학생이라서 할 수 있는 다양한 것에 도전해 나가자.' 양봉부는 다들 그렇게 생각하고 있습니다. 그 안에는 성공하는 일도 있고 후회가 남는 일도 있습니다. 그러나 한 가지 분명한 것은 그 모든 것들이 인생을 살아가는 데 보탬이 되는 소중한 경험이라는 것입니다.

유카는 고등학교를 졸업하고 고향의 치즈 공방에서 판매원으로 일하게 됩니다. 날마다 새로운 손님을 만나는 일. 유카가 손님을 대하는 서비스업을 선택할 수 있었던 것은 벌꿀 음식점의 경험이 큰 영향을 끼쳤기 때문입니다. 유카의 수첩 속에는 아직까지도 그때 받았던 편지와 사진이 보물처럼 소중하게 간직되어 있습니다.

다시 농업 클럽 전국 대회를 향해

지난해, 후지미 고등학교 양봉부는 아쉽게도 한 발짝 앞에서 농업 클럽 전국 대회 최우수상을 놓쳤습니다. 아쉬움을 떨치기 위해서라도, 사유키와 2학년 부원들은 전국 대회에 출전하겠다는 의지를 불태우고 있었습니다. 그래서 신입 부원을 뽑자마자 나가노 현 대회에 나갈 발표자부터 선발했습니다.

연구 과제 발표 분야에서는 연구 내용의 우수성은 물론, 그것을 무대에서 어떻게 발표하느냐에 따라 순위가 갈립니다. 발표자의 책임이 그만큼 무거운 분야이지요.

양봉부의 발표자 선발 방식은 간단했습니다. 작년 전국 대회 원고를 외워 발표한 뒤 투표로 올해의 발표자 두 사람을 선정하는 방식이었지요. 2학년과 3학년은 무조건 참가하는 걸로 하고 1학년 신입 부원은 희망자에 한해 참가할 수 있게 했습니다

참가자들에게 원고를 나눠 준 다음 동시에 암기 시작. 점심시간이나 등하교 시간처럼, 비는 시간이 있을 때마다 다들 열심히 연습했습니다. 잠시 긴장이 풀어지면 수업 중에도 원고 대사가 머릿속에 떠다닐 정도로 다들 열심이었지요.

드디어 선발 당일. 부원들은 저마다 간절함을 품고 동아리실을 찾았습니다. 사유키는 작년, 나가노 현 대회 이후 발표자 자리에서 물러나야 했던 터라 올해는 반드시 전국 대회 무대에 서고 싶었습니다. 부장으로서, 그리고 단 한 명의 3학년으로서 발표자 자리는 누구에게도 양보할 수 없었지요.

시오리는 중학교 때 당당하게 동아리 활동을 발표하던 치하루 선배를 보고 양봉부 가입을 결정한 친구였습니다. 그때부터 발표자 자리를 동경해 왔고 그 자리를 놓치지 않겠다고 단단히 벼르고 있었지요.

리사 역시 발표자 자리를 노리던 사람 중 하나였습니다. 낭독을 잘 한다고 주변에서 칭찬도 제법 들었습니다. 한천을 곁들인 다과회 행사 때 제대로 설명하지 못하고 울어 버린 아쉬움도 있어서 이번에야말로 발표를 성공적으로 해내고 싶은 마음이었습니다.

유리, 유카, 윌리엄은 사람들 앞에 서는 것이 그다지 편하지는 않았지만, '다른 친구들에게 뒤지고 싶지 않다. 할 수만 있다면 발표자로 서고 싶다.'는 생각만큼은 다른 부원들과 같았습니다. 다양한 마음이 오가는 동아리실은 긴장감으로 가득했습니다.

"좋아. 이제 시작해 볼까."

기타하라 선생님의 말과 함께 선발 대회가 시작됐습니다. 제일 처음 연단에 선 이는 사유키였습니다. 잘 부탁드린다는 인사 소리부터 안정감이 느껴졌습니다. 아무래도 경험이 있기 때문인지 여유가 전해지는 발표였습니다. 결국 사유키는 마지막까지 한 번도 막힘없이 발표를 끝낼 수 있었습니다. 이어서 단상에 오른 부원은 시오리였습니다. 의욕이 앞선 나머지 한 군데에서 발표 내용을 빼먹기는 했지만 밝은 얼굴로 위기를 잘 넘겼습니다. 이어서 리사, 유리, 유카, 윌리엄도 준비한 대로 발표를 했지요.

투표 결과 사유키와 시오리가 발표자로 선정됐습니다. 아무래도 발표 완성도 면에서 사유키와 시오리가 뛰어났기 때문이지요. 이어서 영상 자료 담당, 활동 일지 담당도 뽑았습니다. 양봉부는 나가노 현 대회를 향해 서서히 시동을 걸기 시작했지요.

제일 먼저 부원들은 활동 기록부부터 다시 만들었습니다. 작년 대회에서 최우수상을 놓치게 된 가장 큰 패인이 활동 기록부였기 때문입니다. 다른 고등학교에 견주면 후지미 고등학교의 활동 기록부는 가독성이나 재미에서 부족한 점이 많았습니다. 보는 이들에게 자신들의 활동을 전하고 싶다는 간절함이 부족했습니다. 부원들은 우선 활동 기록부를 고치는 것에서부터 대회 준비를 시작하기로 했습니다. 다행히 작년 전국 대회를 거치며 다른 고등학교의 활동 기록부를 꼼꼼히 들여다볼 수 있었습니다. 참고가 될 만한 기록부는 사진을 찍어 자료로 모아 두기도 했지요. 그것들을 바탕으로 기록부를 전부 새로 만들기로 했습니다.

기록부 담당은 그림을 잘 그리고 글씨 모양도 예쁜 미노리가 맡았습니다. 활동은 시간별로 정리했고 일람표도 작성했습니다. 보기 편하도록 찾아보기와 차례도 붙였습니다. 활동 소개 면에는 그림을 넣어 잘 읽히도록 하는 한편, 활동의 즐거움이 보는 이들에게도 잘 전달될 수 있도록 궁리했습니다. 활동 일지는 전부 볼펜으로 쓰기로 했습니다. 연필로 쓰면 글자가 너무 연한 데다가 지워질 가능성도 있으니까요. 만약 쓰다가 틀리면 처음부터 그 바닥을 다시 만들었습니다. 수정액으로 고치면 보기에 좋지 않다는 이유에서였습니다. 집중력이 필요한 작업이었지요. 활동 일지에는 고문을 맡은 기타하라 선생님이 의견을 쓰는 란도 있었습니다. 그런데 선생님이 마지막에 실수를 하는 바람에 머리를 긁적이며 부원들에게 사과하기도 했습니다. 틀리지 않도록 집중해 완성한 일지를 처음부터 다시 써야 했기 때문이지요.

활동 기록부가 만들어지는 사이, 무대 발표용 원고도 완성됐습니다. 사유키와 시오리도 본격적인 연습에 돌입했습니다. 부원들 앞에 서서 원고를 읽어 가던 날, 둘의 표정이 딱딱하다는 지적이 날아들었습니다. 사실 사유키는 긴장하면 얼굴이 굳어지는 오랜 버릇이 있습니다. 그 문제를 해결하기 위해 윌리엄이 발표자의 표정을 살피는 역할을 맡게 됐습니다.

윌리엄은 발표 연습 중인 두 사람을 사진으로 찍어 본인들에게 보여 주고 사진을 바탕으로 표정을 고쳐 나가는 방법을 시험해 봤습니다. 하지만 오히려 그 방법이 발표자를 더 긴장시키는 역효과를 불러왔습니다. 그래서 윌리엄은 다른 방법을 궁리해 냈죠. 사유키가 좋아하는 배우, 무카이 오사무 사진을 가져와 발표하는 사유키 앞에 들고 서 있는 작전이었습니다. 놀랍게도 이 방법이 효과가 있었습니다. 사유키의 얼굴에 수줍은 웃음이 감돌기 시작했습니다. 어깨의 긴장이 사라지면서 자연스러운 표정을 지을 수 있게 되었지요.

한편 시오리도 문제가 있었습니다. 발표를 하다가 다른 사람 목소리나 소음이 들리면 발표 내용을 잊어버리고 만다는 것이었지요. 본대회에서는 객석에서 어떠한 돌발 변수가 생길지 누구도 장담할 수 없습니다. 무슨 일이 있더라도 동요하지 않을 집중력을 키우기 위해 연습 중에 일부러 헛기침을 하거나 물병을 떨어뜨리거나 하는 식으로 예상치 못한 행동을 해서 그것을 극복하는 훈련을 계속했습니다.

발표에 이어 영상 자료 담당도 연습을 시작했습니다. 왼쪽 화면은 유리가, 오른쪽 화면은 유카가 맡기로 했습니다. 어느 날 방과 후, 유리와 유카는 안대로 눈을 가린 채 한창 연습 중이었습니다. 작년에 고우미 선배와 모모네 선배가 쓰고 연습하던 안대였습니다. 발표 내용에 맞춰 영상 자료를 넘기는 작업에서 제일 중요한 것은 속도입니다. 영상 자료 담당은 다음에 어떤 그림이 나올지 완벽하게 파악하고 있어야 합니다. 안대는 화면에서 지금 어떤 자료가 나오고 있을지 보지 않고도 떠올리기 위한 도구였지요.

이렇게 준비한 나가노 현 대회. 결과는 다시 최우수상이었습니다. 양봉부는 다음 단계인 지구 대회로 나갈 수 있는 자격을 거머쥐었습니다.

발표자들의 부진을 딛고

호쿠신에쓰 지구 대회를 보름 앞둔 어느 날, 양봉부에 커다란 문제가 생겼습니다. 발표자인 사유키가 두드러기가 돋았기 때문입니다. 피로와 스트레스가 원인이라는 건 굳이 말할 필요도 없었습니다. 이전에도 몇 번 비슷한 증상이 있긴 했지만 이번에는 지금까지와는 비교할 수 없을 정도로 심했습니다. 일단은 투약 처방을 해 보고 효과가 없으면 입원을 해야 할 수도 있다는 진단을 받았기 때문입니다. 사유키는 어찌해야 할지 머리가 복잡했지만 결국 그 사실을 선생님한테 밝혔습니다.

"그렇구나. 너무 무리했나 보다. 아무튼 지금은 두드러기 고치는 것부터 생각하자."

병원을 다니게 된 사유키 대신 당분간 시오리의 연습 상대를 해 줄 부원을 정해야 했습니다. 다 같이 의논해 나나코가 그 역을 맡게 되었습니다.

새로운 팀으로 연습이 시작됐습니다. 사유키는 이대로 나나코가 발표자가 되는 건 아닐지 불안했습니다. 그런 한편 이런 생각을 하는 자신이 한심했죠. 동료들에게 폐를 끼쳤다는 생각에 괴로웠고요.

'아무튼 지금은 선생님이 말씀하신 대로 두드러기를 치료하는 데 전념하자.'

그렇게 스스로를 위로하며 꾸준히 병원에 다녔습니다.

한편 시오리는 발표가 생각한 대로 잘 풀리지 않았습니다. 아무리 원고를 읽어도 외워지지가 않았거든요.

발표 원고는 나가노 현 대회, 지구 대회, 전국 대회로 무대가 커지면서 그 내용도 달라집니다. 시간이 흐르면서 양봉부 활동이 늘어나, 그 내용을 넣으려면 어쩔 수 없는 일이었습니다. 그런데 발표자 처지에서는 내용이 바뀔 때마다 새로 외워야 해서 부담이 상당했습니다. 시오리는 발표 연습을 하다가 막히는 일이 잦아졌습니다. 그리고 그럴 때마다 "아, 큰일났다."며 도중에 멈추고 말았습니다. 영상 자료를 담당하는 유카는 그게 불만이었습니다.

"도중에 그만두지 말고 일단 마지막까지 해 봐."

유카의 말을 시오리가 되받아치면서 분위기가 험악해졌습니다. 초조해진 시오리는 윌리엄이 보고 있으니까 집중이 안 된다며 엉뚱한 데다 화풀이를 했습니다. 윌리엄의 역할은 발표자의 표정을 살피는 것이었습니다. 지켜보는 게 당연한 일이었지요. 평소에는 온화한 윌리엄도 이번에는 욱하는 감정이 올라왔습니다.

"나도 좋아서 너를 보고 있는 건 아니야."

사유키에서 나나코로 짝이 바뀌면서, 요 근래 시오리는 상태가 엉망진창입니다. 나나코는 사유키와는 달리 차분하게 발표를 하는 편이었지요. 상대역인 시오리는 발표의 흐름을 타기가 어려웠습니다.

'이렇게 실수만 하다가 리사나 유리로 발표자가 바뀌는 건 아닐까?'

그런 초조함이 더 많은 실수를 불러왔습니다. 발표자가 감당해야 할 고독한 부담감. 시오리는 가슴이 쪼그라드는 것만 같았습니다.

"시오리, 꿀벌님 보러 가지 않을래?"

어느 날, 시오리가 의기소침해 있는데 사유키가 다가왔습니다. 방과 후, 갑작스런 선배의 제안에 시오리는 어리둥절했지만 고개를 끄덕였습니다. 둘은 나란히 교사 뒤편으로 갔습니다. 꿀벌은 오늘도 힘차게 벌통 주변을 날고 있었지요. 두 사람은 벌통과 조금 떨어진 잔디밭에 자리를 잡고 앉았습니다. 시오리는 문득 깨달았습니다.

'그러고 보니 발표 연습만 하느라 꿀벌님들이 어떻게 지내고

있는지 신경도 못 썼구나.'

사유키는 웃음 띤 얼굴로 "비밀 연습이야." 하더니 작은 병을 꺼냈습니다. 그리고 그 안에 있던 꿀을 검지 끝에 발랐습니다. 그러자 놀랍게도 금세 꿀벌이 날아와 손가락 끝에 앉아 꿀을 빨기 시작했습니다.

"사실 나, 이렇게 꿀벌님들을 보면서 연습하고는 했어."

사유키는 무언가 안 좋은 일이 있으면 혼자 여기에 와서 꿀벌과 이야기를 나누고는 했습니다. 기쁜 듯 꿀을 핥는 꿀벌을 보고 있자니 거칠게 쪼개진 마음이 점차 아무는 것 같았습니다. 그리고 마음속에서 어떤 생각 하나가 솟아났습니다.

'나는 왜 지금까지 혼자 애쓰고 헛돌기만 했을까.'

눈을 감는 시오리에게 사유키가 다정하게 말했습니다.

"시오리. 지금은 괴로울지 모르겠지만, 그런 지금도 언젠가는 분명 멋진 추억이 될 거라고 생각해. 꿀벌님도 응원해 주고 있으니, 우리 힘내자!"

"사유키 선배……."

시오리는 교실로 돌아와 모두에게 사과했습니다.

"다들, 정말 미안하다. 지금까지 나 정말 최악이었지? 이제

부터는 지구 대회를 목표로 정말 열심히 할 테니까, 도와주지 않을래?"

유카와 윌리엄은 시오리의 진심 어린 사과를 받아들였습니다. 다시 연습이 시작됐지요. 그런 후배들의 모습을 사유키는 기분 좋은 얼굴로 지켜보고 있었습니다.

다행히 지구 대회를 앞두고 사유키의 두드러기도 가라앉기 시작했습니다. 발표자로서 무사히 무대에 설 수 있게 되었지요.

"다녀왔어. 혼자 고생 많았다."

환하게 웃는 사유키를 보고, 시오리는 처음으로 사유키가 옆에 있다는 것에 안도감을 느꼈습니다.

호쿠신에쓰 지구 대회로 떠나기 전날, 양봉부는 식구들을 초대해 학교에서 예행연습을 했습니다. 식구들은 "대단하다.", "너희들이 그동안 이런 준비를 했던 거구나." 하며 놀라워했지요. 부모님들은 아이들이 매일같이 늦게 돌아오고 휴일에도 학교에 나가다 보니 걱정이 많았던 겁니다. 처음으로 식구들에게 발표를 보여 줄 수 있었던 자리. 잘했다는 칭찬을 받은 부원들의 얼굴 위로 기쁘면서도 쑥스럽기도 한 여러 감정이 스쳤습니다.

아이들은 대회를 앞두고 어려웠던 시기를 잘 이겨 냈습니다.

그러면서 한 뼘은 더 어른스러워져 있었지요. 아이의 성장을 대견하게 바라보던 부모님들. 그런 눈빛들이 예행연습장을 가득 메우고 있었습니다.

이렇게 맞이한 호쿠신에쓰 지구 대회. 결과는 최우수상. 후지미 고등학교 양봉부는 2년 연속 전국 대회 출전권을 따냈습니다.

두 번째 전국 대회 무대에서

야쓰가타케 산의 사스래나무가 노랗게 물들 무렵, 양봉부원들은 후지미를 떠나 나가노 현 중심지인 마쓰모토 시로 갑니다.

2012년 10월 24일. 오늘은 바로, 기다리고 기다리던 농업 클럽 전국 대회가 열리는 날입니다. 부원들은 작년보다도 기합이 더 단단히 들어가 있었습니다. 올해 전국 대회 개최지가 후지미 고등학교가 있는 나가노 현이기 때문입니다. 수십 년에 한 번씩 돌아온다는 홈경기, 그날이 바로 오늘입니다. 대회는 나가노 현 각지에서 열립니다. 연구 과제 발표가 거행될 '마쓰모토 시민 예술관'은 관객 1800명이 들어갈 수 있는 대공연장을 갖춘 곳입니다.

"이런 어마어마한 곳에서 발표할 수 있다니, 최고다!"

부원들은 대회장 규모를 보고는 기분이 좋아졌습니다. 그런데 정작 양봉부가 출전하게 될 '문화·생활' 부문은 대공연장이 아니라, 300명이 채 못 들어가는 다른 공연장에서 열린다고 했지요. 300석도 충분히 큰 곳이긴 했지만, 기대가 컸던 만큼 부원들은 조금 실망하기도 했습니다. 마음을 추스르고 공연장으로 가 보니, 객석 여기저기에 아는 얼굴들이 보입니다. 후지미 고등학교의 선생님들, 양봉부 활동에 도움을 주셨던 분들, 거기에 치하루와 고우미의 웃는 얼굴까지.

'다들 이렇게 응원하러 와 주었구나.'

작은 공간이기에 맛볼 수 있는 아늑한 분위기에 부원들은 다시금 힘을 얻었습니다.

드디어 양봉부가 무대 위로 올랐습니다. 객석에 있던 기타하라 선생님은 무대 쪽으로 평화를 뜻하는 수신호를 보냈습니다. 활짝 웃는 얼굴이었지요. 그 모습을 보고 부원들은 저도 모르게 긴장이 풀렸습니다. 얼굴에 자연스런 웃음이 떠올랐지요.

양봉부의 발표가 시작됩니다. 연구 과제 제목은 〈일본 토종 벌로 웃음이 번져 가는 지역 만들기—우리와 꿀벌들의 새로운 도전〉입니다. 모든 준비가 끝나고 사유키와 시오리의 목소리가 발표장에 울렸습니다.

"일본 토종벌로 우리 지역을 웃음 가득한 곳으로 만들고 싶다!"

"우리 후지미초에는 일본 토종벌이 살고 있습니다. 꿀벌이라고 하면 벌꿀을 따려고 들여온 서양벌이 일반적입니다. 그런데 재래종으로서 지역 식문화의 가장 중요한 축을 걸머지고 온 것이 바로 일본 토종벌입니다."

"우리 고장에서는 일본 토종벌과 함께 사는 것이 자연과 사람을 연결하는 문화 가운데 하나로 자리 잡았습니다."

사유키와 시오리는 경쾌한 속도로 발표를 진행해 나갔습니다. 관객석에 앉은 사람들의 눈길이 조명을 받으며 서 있는 사유키와 시오리에게 집중됐습니다.

발표는 제한 시간에 딱 맞춰 무사히 끝났습니다. 딱 한 군데 시오리가 실수한 곳이 있었지만 사유키가 잘 수습했던 터라 심사 위원들은 알아챌 수가 없었지요.

이어서 질의응답 시간이 이어졌습니다. 시오리는 인사를 한 뒤 무대에서 내려갔고 무대에는 사유키만 남았습니다.

"꿀벌이 아이들에게 어떤 영향을 줄 거라고 생각합니까?"

심사 위원이 던진 질문은 양봉부가 내세운 활동 목표 세 가지 가운데 '꿀벌의 교육 효과와 활용'에 대한 질문이었습니다. 사유키는 재빠르게 머릿속에서 답변을 정리하고 마이크로 갔습니다.

"아이들의 시야를 넓히는 데 기여할 수 있다고 생각합니다. '마당에서 벌레 찾기' 행사를 예로 들자면, 그 시간 동안 아이들은 곤충을 찾는 데 완전히 빠져들었고 여기저기서 곤충을 찾았다고 기뻐했거든요. 평소에 대수롭지 않게 지나치던 마당에도 다양한 생물이 살고 있고, 그 생물들은 마당을 다양한 형태로 이용하고 있습니다. 그런 발견을 거치며 아이들의 시야가 넓어질 수 있다고 생각합니다."

"잘 알겠습니다. 답변 감사합니다."

심사 위원의 말에 질의응답이 마무리되었습니다. 이로서 모든 발표가 끝났습니다.

무대 옆으로 퇴장하는 사유키를 향해 부원들이 달려들었습니다.

"사유키 선배. 대단해요. 어찌나 당당해 보이던지!"

"우리는 보고 있기만 해도 심장이 벌렁벌렁댔는데. 역시 부장은 달라!"

후배들의 칭찬 속에서 사유키는 안도의 숨을 내쉬었습니다.

'끝났다. 아무튼 할 수 있는 일은 전부 다 했어. 이젠 결과를 기다리는 수밖에.'

다음 날 대회 폐막식과 시상식은 나가노 시의 올림픽 경기장 '빅 해트'에서 열렸습니다. 전국 326개 고등학교, 4천 명 가까운 학생과 교사, 관계자들이 처음으로 전부 한꺼번에 모이는 자리였습니다. 주최자와 손님 대표의 인사말에 이어 드디어 결과 발표 시간이 다가왔습니다.

"연구 과제 발표, 문화·생활 부문, 최우수상은……."

양봉부 전원은 자기도 모르게 숨을 멈췄습니다.

〈일본 토종벌로 웃음이 퍼져 가는 지역 만들기—우리와 꿀벌들의 새로운 도전〉. 호쿠신에쓰 지구 대표 나가노 현 후지미 고등학교입니다!"

'우승이야! 최우수상이다!'

동아리를 만든 지 3년도 채 안 된 동아리가 끝끝내 전국 최고가 되는 쾌거를 이루는 순간이었습니다. 엄숙한 분위기라 아무

소리도 낼 수 없었습니다. 부원들은 손을 맞잡고 몸이 떨릴 정도의 기쁨을 조용히 나눌 수밖에 없었지요.

윌리엄은 대회에 직접 출전하지는 않는지라 관객석에서 기타하라 선생님과 함께 이 소식을 들었습니다. 선생님은 소리 없이 두 팔을 번쩍 들어 보이더니 그대로 옆에 있던 윌리엄의 손을 덥석 잡고는 악수를 했습니다. 손에는 땀이 흥건했지요. 평소처럼 행동하던 선생님이었지만 실은 결과가 걱정되어 조마조마해하고 계셨던 겁니다.

후지미 고등학교 양봉부는 나가노 현 최초로 연구 과제 발표 최우수상과 더불어 문부과학장관상도 받았습니다. 최우수 학교로 선정된 팀은 무대에서 다시 한 번 발표를 할 수 있습니다. 그리고 그 모습이 DVD로 수록됩니다. 작년, 농업 클럽 전국 대회 도전을 결정한 양봉부가 제일 먼저 한 일은 역대 최우수 학교 DVD를 보고 분석하는 일이었습니다. 모니터 너머로 동경하던 세계, 작년에는 단 한 걸음이 부족해 닿지 못했던 꿈의 무대. 결국 양봉부는 그 무대에 서고 말았습니다.

발표는 순식간에 끝이 났습니다. 모든 행사가 끝나자 자연스레 부원들이 선생님 곁으로 모여들었습니다.

"발표 정말 좋았다. 틀리면 어쩌나 걱정하긴 했지만."

시작은 여느 때와 다를 바 없었지만 선생님의 목소리에 점차 울음이 섞이기 시작했습니다. 선생님이 설마 눈물을 보일 줄이야. 생각지도 못한 일에 놀라는 것도 잠시, 결국 다 같이 울고 말았지요. 힘든 일도 괴로운 일도 이래저래 있었지만, 여기까지 힘을 낼 수 있어서 정말 다행이었습니다. 수많은 추억을 모두의 가슴에 새기고 농업 클럽 전국 대회는 대단원의 막을 내렸습니다.

자연 속에서 꿀벌들과 보낸 고교 생활

위풍당당 후지미로 돌아온 양봉부 일행. 수많은 사람들의 열렬한 축하가 그들을 기다리고 있었습니다. 축하 인사는 작년보다 더 뜨거웠습니다. TV와 잡지 취재로 바빴고, 다른 고등학교를 방문해 양봉부 활동을 발표하는 따위로 여러 행사에도 불려 다녔습니다. 사유키는 부장으로서 이런 행사를 이끄는 한편 진학 준비도 해 나갔지요.

하고 싶은 일은 벌써 정해져 있었습니다. 힘을 모아 서로 돕는 꿀벌을 보면서 누군가에게 힘이 되는 사람이 되고 싶었습니다. 복지의 길을 가자는 결심을 하게 됐지요. 사유키는 진학 상담을 거쳐 복지 분야 전문대학에 원서를 넣었습니다. 그리고 당당히 합격 통지서를 받았습니다.

이듬해 2월, 우리 마을 알리기 모임 대표 엔젤 치요코 씨가 나서서 지역 사람들과 함께 양봉부 우승 축하 자리를 마련했습니다. 후지미 역과 가까운 주민 회관에서 열렸는데 많은 분들이 찾아 주었습니다. 나가노 현에서는 양봉부 외부 선생님을 맡아 준 야마구치 씨, 우리 마을 알리기 모임의 치요코 씨, 정원 디자이너 이타무라 씨, 벌꿀 음식점 행사 때 도움을 준 허브 생산조합 여러분들이 오셨고, 도쿄에서는 다마가와 대학의 나카무라 교수, 꿀벌 백화의 아사다 씨와 와다 씨가 먼 곳까지 찾아 주었습니다.

축하 자리는 부원들의 연구 과제 발표로 시작됐습니다. 주민 회관에 모인 사람들은 양봉부가 최우수상을 탔다는 사실은 잘 알고 있었지만 실제로 발표를 보지는 못했습니다. 그래서 이번 모임에서 일본 최고에 오른 발표를 볼 수 있게 되리라 크게 기대하고 있었지요.

소회의실 창문 가리개를 내리자 실내가 어둑해졌습니다. 곧이어 사유키와 시오리가 무대로 나왔습니다. 막힘없이 흘러가

는 발표, 화면에 떠오르는 아름다운 영상 자료에 관객들 사이
에서 탄성이 새어 나왔습니다. 경연이 아니라서 부원들도 편한
마음으로 발표를 즐길 수 있었지요.

뜨거운 박수 소리와 함께 발표가 끝나고, 함께 식사를 하러
실습실로 자리를 옮겼습니다. 탁자 가득 차린 향토 음식들은
이웃 아주머니들이 장만한 것이었습니다. 아주머니들 중에는
후지미 고등학교를 졸업한 분들이 많았습니다. 후배들의 쾌거
를 축하하기 위해 이 자리에 모인 것이지요.

잔치가 한창 무르익을 무렵, 기타하라 선생님이 자리에서 일
어나 감사의 말을 전했습니다.

"여러분, 오늘 이런 자리를 마련해 주셔서 고맙습니다. 양봉
부는 이번 달로 동아리 창단 4년째를 맞이합니다. 지금까지
해 올 수 있었던 것은 여기 있는 여러분들, 지역분들 덕분이
라고 생각합니다. 학생들은 여러분들과 쌓아 올린 양봉부 활
동을 한 사람이라도 더 많은 사람에게 알리기 위해 농업 클
럽 전국 대회에 출전했습니다. 이번에 나온 좋은 결과로, 조
금이나마 그 은혜에 보답할 수 있었다고 생각합니다. 지금까
지 정말 감사했습니다. 그리고 앞으로도 우리 아이들을, 후

지미 고등학교 양봉부를 잘 부탁드립니다."

선생님의 인사말에 큰 박수가 터져 나왔습니다. 그리고 그와 동시에 이런 소리가 관계자들 속에서 들려왔습니다.

"선생님. 너무나 고마워요."

"후지미의 아이들을 키워 주셔서, 정말 고맙습니다."

선생님으로서는 이 순간이 지금까지 양봉부 고문을 해 오면서 가장 행복한 순간이었습니다. 농업 클럽 전국 대회 우승 때는 머릿속이 하얘질 정도로 기뻤습니다. 하지만 지금은 그때와는 좀 다른, 따뜻하게 차오르는 듯한 기쁨이었지요.

서로 환담을 나누던 시간, 선생님은 지역 사람들과 이야기를 나누던 부원들을 유심히 살폈습니다. 사실 이 무렵 선생님은 한 가지 마음에 걸리는 일이 있었습니다. 부원들이 상처를 받지는 않았을까, 양봉부에서의 추억이 슬픈 것으로 기억되지는 않을까.

한 달 전쯤, 양봉부에 슬픈 사건이 일어났습니다. 꿀벌 한 무리를 도둑맞았던 것이었지요. 그 사실을 알게 된 것은 정월 연휴 무렵이었습니다. 학교에 나온 부원이 꿀벌을 살피러 갔는데, 거기 있어야 할 벌통이 사라지고 아무것도 없었습니다. 일본 토종벌은 희소성이 높습니다. 그래서 일부에서는 고가로 판매되기도 합니다. 노린 것이 돈인지, 키우고 싶어서인지는 모르겠지만, 어느 쪽이라 해도 인위적인 이동은 꿀벌에게 엄청난 스트레스가 됩니다. 게다가 지금은 꿀벌이 약해져 있는 겨울. 도난당한 무리가 무사히 살아갈 수 있을지, 부원들은 걱정이 되어 견딜 수가 없었지요.

기타하라 선생님은 이 일을 심각하게 받아들이고 교장 선생님과 상의해 경찰서에 피해 신고장을 접수했습니다. 사건은 지역신문에도 났지요. 부원들은 지면을 통해 꿀벌 무리를 돌려달라고 호소했습니다. 그러나 아직까지 꿀벌은 돌아오지 않고 있었습니다.

'벌을 알고, 벌을 돌보는 사람들 중에도 이런 사람이 있다니.'

이 사실이 부원들에게는 더 큰 충격이었습니다. 그러나 지금 밝은 모습으로 지역 사람들과 이야기를 나누는 부원들을 보니 이 정도면 걱정 없겠다 싶었습니다. 선생님은 가슴을 쓸어내렸지요.

선생님은 얼마 전, 다마가와 대학 벌 과학 연구 센터에서 시

오리가 했던 인사말을 떠올렸습니다

"후지미 고등학교는 비교적 조용하고 소극적인 학생들이 많이 모이는 학교입니다. 중학교 때 수업을 제대로 들어가지 못했을 정도로 소심한 학생도 많이 있어요. 저 역시 자기주장에 서툰 사람이라서 사람들 앞에 서면 다리가 부들부들 떨리고 머리는 새하얘집니다. 하지만 양봉부 활동이 이런 저를 바꿔 놓았습니다. 날마다 꿀벌을 돌보고 지역사회와 교류하며 조금씩 사람들 앞에 나설 수 있게 됐고, 소통도 해 나갈 수 있게 됐지요. 꿀벌의 처지에 서서 생활하는 가운데 호기심과 연구심도 싹텄습니다. 그런 중에, '어차피 안 될 거잖아? 내가 뭘 할 수 있겠어?' 이렇게 말해서는 아무것도 시작할 수 없다는 것을 알게 됐습니다. 여러 가지에 도전해 나가자는 생각을 하게 됐지요.

그렇게 스스로에게 조금씩 자신감을 갖게 되었습니다. 물론 학교생활을 하다 보면 힘든 일도 있고 괴로운 일도 있습니다. 때로는 도망치고 싶을 때도 있었습니다. 그러나 그럴 때마다 저는 꿀벌을 만나러 갔습니다. 작은 몸집으로 최선을 다해 가족을 위해 일하는 꿀벌들을 보면 '최선을 다하자. 어떤 일이 있어도 즐기자.' 이런 생각을 하게 됩니다.

그리고 무엇보다, 양봉부 친구들, 선생님, 지역 사람들, 따뜻한 버팀목이 되어 준 그 많은 사람들 덕분에 지금의 제가 있고, 이런 자리에도 설 수 있다고 생각합니다. 지지해 준 분들에 대한 고마운 마음을 간직하고, 앞으로도 즐겁게, 선하게, 온 마음을 다해, 꿀벌과 함께 꿈을 향해 걸어 나가겠습니다."

축하 모임이 끝나고 양봉부 일행은 벌통을 살피러 갔습니다. 한 달쯤 전, 벌은 알을 낳기 시작했습니다. 그리고 지금은 다가올 봄을 앞두고 육아로 바쁜 모양이었습니다.

양봉부에는 세 번째 이별이 다가오고 있었습니다. 한 달 뒤면 사유키가 졸업합니다. 하지만 또 한 달 뒤면 새로운 동료를 맞이하게 됩니다. 그리고 다시 꿀벌들과 지낼 한 해가 시작되겠지요.

학생들은 이 자리에서 배울 것이고, 둥지를 떠날 것이고, 각자의 길을 걸어갈 것입니다. 사회로 나가서도 또 다른 기쁜 일, 슬픈 일, 이런저런 일들이 기다리고 있겠지요. 하지만 그 어떤 때라도 양봉부에서 나눈 추억은 아이들의 마음을 밝게 비춰

줄 것입니다. 양봉부 아이들은 인생에서 가장 반짝이는 고등학교 시절을 친구들과 꿀벌, 아름다운 후지미의 자연에 둘러싸여 보냈습니다. 기타하라 선생님은 생각했습니다. 이 경험이 아이들의 삶에 길잡이가 되어 줄 것이라고 말이지요.

닫는 글

후지미 고등학교 양봉부는 2015년에 동아리 창립 6년째를 맞았습니다. 2012년 최우수상을 받은 뒤로도 농업 클럽 전국 대회 도전은 계속됐습니다. 후지미 고등학교 양봉부는 2013년, 2014년에도 우수상을 받았습니다.

양봉부는 지금, 꿀벌과 벌꿀로 복지에 이바지하는 활동을 힘차게 해 나가고 있습니다. 나가노 현의 한 복지시설과 함께 꿀을 넣은 와플을 개발했는데, 판매를 시작하자마자 금세 다 팔리는 인기 상품이 되기도 했습니다

기타하라 선생님은 2013년을 끝으로 가미이나 농업고등학교로 자리를 옮겼습니다. 양봉부는 현재 데라사와 야쓰유키 선생님과 함께 여러 활동을 펼치고 있습니다.

졸업생들도 자신의 길을 걷고 있습니다.

치하루는 신슈 대학을 졸업하고 지역 식품 회사에 들어가 사

회생활을 시작했습니다. 하루미는 영양사 자격을 얻어 지역에 있는 관련 기업에 들어갔습니다. 도네가와는 오베르주 에스프와에서 프랑스 요리사가 되고자 수업 중입니다. 고우미는 대학에 들어갈 때 바라던 대로 관광 분야 일자리를 찾고 있습니다. 모모네는 건설 컨설턴트가 되겠다며 구직 활동 중입니다. 우에노는 다테시나 양봉의 일원으로서 꿀벌과 함께 꽃을 따라다니는 이동 양봉 일을 하고 있습니다. 사유키는 바라던 대로 복지 관련 회사에 취직했습니다. 또한 유리와 같은 기수의 다른 부원들도 저마다 일을 찾아 사회생활을 시작했습니다.

고등학교 입학할 때만 해도, 아무런 목표 없이 어떻게 고등학교 시절을 보내야 할지 아무것도 모르던 아이들. 그러나 그 아이들은 꿀벌을 만나고 동료를 만나면서 자기 자신을 발견했고 하고 싶은 일을 찾았습니다. 그렇게 자신의 길을 열며 둥지를 떠났지요.

　후지미 고등학교 양봉부는 졸업생들의 도움을 받으며 '허니 비 컬리지', '꿀벌 백화', '우리 마을 알리기 모임'을 잇는 활동으로 지역으로 널리 퍼져 가고 있습니다.

　한 여고생의 생각에서 시작된, 전국에서도 드물다 하는 고등학교 양봉부. 그들의 활동은 목표를 잃은 학생들의 의식을 바꿔 놓았고 학교를 변화시켰습니다. 그리고 고등학생 특유의 자유롭고 톡톡 튀는 발상과 적극적인 바깥 활동은 후지미초를 가꾸어 나가는 움직임에도 커다란 자극제가 되고 있습니다.

　현재 후지미 고등학교의 벌통은 두 개로 줄었습니다. 양봉부를 충격에 몰아넣었던 도난 사건 반 년 후, 또다시 꿀벌 도난 사건이 발생했습니다. 게다가 2014년 2월 신슈 남부에 쏟아진 큰 눈에 수많은 꿀벌이 죽었습니다. 그럼에도 우리는 이제 압니다.

분봉 철이 되면, 새로운 꿀벌들이 후지미 고등학교로 찾아와 주리라는 것을 말이지요.

　자연에 감사하고 마을과 더불어 살아가는 아이들. 후지미 고등학교 양봉부는 앞으로도 계속 그렇게 활동해 나갈 것입니다.

글쓴이의 말

제가 후지미 고등학교 양봉부를 알게 된 것은 순전히 우연이었습니다. 3년 전, 어쩌다 지역 방송을 보는데 마침 양봉부 이야기가 나왔습니다. 무슨 내용이었는지 지금은 기억이 정확하지 않지만 꿀벌 옷을 입고 사람들 앞에서 즐겁게 공연을 하던 고등학생들의 밝은 얼굴이 강한 인상으로 남았습니다.

그길로 물어물어 기타하라 선생님과 양봉부원들을 만나게 되었지요. 그들의 추억담을 듣다 보니 그게 어찌나 재미있던지요. 그 순간부터 이 이야기를 꼭 책으로 내고 싶었습니다.

곧바로 책을 내기 위한 작업을 시작했습니다. 마침 다행스럽게도 이 기획을 흥미롭게 지켜본 출판사가 있었습니다. 시작은 순조로웠지만 그 이후의 여정은 결코 평탄하지만은 않았습니다.

일을 맡았던 출판사가 손을 떼기도 했고 기타하라 선생님이

가미이나 농업고등학교로 자리를 옮기기도 했습니다. 원고 작업을 학생들과 직접 할 수밖에 없게 되었는데, 생각만큼 마주 이야기가 진행되지 않아 애가 타기도 했습니다. 책을 내는 걸 꺼리는 건 아닐까 하는 의심에 휩싸여 "만약 한 명이라도 싫다는 부원이 있다면 출판을 그만두겠다."며 다그친 적도 있습니다.

솔직히, 활동 현장에 없었던 제가 양봉부에 대한 이야기를 쓴다는 게 처음에는 좀 마음에 걸렸습니다. 직업이 각본가라, 이야기를 재미있게 만들려고 문장을 꾸미게 되지는 않을까, 그래서 결과적으로 사실을 왜곡시키는 것은 아닐까 하는 두려움도 있었습니다. 하지만 단순한 활동 기록만으로 책을 만들고 싶지는 않았습니다. 제가 부원들에게 다그쳤던 질문은 '정말 내가 이 책을 써도 될까?'라는 것에 대한 마지막 검증과도 같은 것이었습니다.

다행스럽게도 다들 제가 이 책을 쓰는 것을 허락해 주었습니다. 그때부터 아이들과 꾸준히 만나 이야기를 들었고, 주위 분들에게도 확인 작업을 거치며, 모두가 받아들일 수 있는 형태로 결실을 맺게 되었습니다. 저로서는 그것이 무엇보다도 큰 기쁨입니다.

책을 만들며 많은 분들의 도움을 받았습니다. 실현될지 어떨지도 모르는 기획을 긍정적으로 받아들여 주셨던 기타하라 선생님. 참을성 있게 마주이야기에 참여하는 한편, 내용을 바로잡고 자료를 내어 준 양봉부원들과 그 선배들. 중간 정리를 자처해 준 치하루 씨. 꿀벌 생태에 대해 도움 말씀을 주신 다마가와 대학의 나카무라 교수님. 본문에 이름을 쓸 수 있게 해 준 양봉부 관계자 여러분. 그리고 좌절할 뻔했던 이 기획에 손을 내밀어 주신 린덴샤의 하야시 대표님. 모든 분들께 진심으로 고맙다는 말씀을 드립니다.

이 책을 마음속에 그리고부터 3년. 지금 생각하면 그 시간은 현장에 없었던 제가, 나름으로 양봉부를 이해하고, 충분히 삭혀 문장으로 풀어낼 수 있기까지, 꼭 필요한 시간이었습니다.

책 속 이야기들은 전부 직접 나눈 마주이야기에 바탕을 둔 것입니다. 드라마처럼 장면화한 부분도 있지만, 3년에 걸쳐 제가 파악한 기타하라 선생님과 아이들 사이, 그리고 지역 주민들과 아이들이 맺어 온 관계를 더 잘 드러내고자 하는 의도였습니다. 글로 다 풀어내지 못한 것도 많지만, 이 책이 아이들이 맛본 기쁨, 감동, 좌절 같은 청춘의 숨결을 조금이나마 독자 여러분께 전할 수 있었다면, 그것만으로도 저는 행복합니다.

후지미 고등학교 양봉부 이야기

꿀벌과 시작한 열일곱

글 모리야마 아미

옮김 정영희

초판 1쇄 펴냄 2018년 8월 18일
　　　4쇄 펴냄 2019년 8월 23일

편집 서혜영, 전광진
인쇄·제책 상지사 P&B
도서 주문·영업 대행 책의 미래   전화 02-332-0815 | 팩스 02-6091-0815

펴낸 곳 상추쌈 출판사 | **펴낸이** 전광진
출판 등록 2009년 10월 8일 제 544-2009-2호
주소 경남 하동군 악양면 부계1길 8 우편 번호 52305
전화 055-882-2008 | **전자 우편** ssam@ssambook.net

ISBN 978-89-967514-0-3 03830
CIP 2018024484 (http://seoji.nl.go.kr)